ASSOMBROS URBANOS

DIONISIO JACOB

Assombros urbanos

COMPANHIA DAS LETRAS

Copyright © 2003 by Dionisio Jacob

Capa
Raul Loureiro

Foto da capa
Rene Burri / Magnum Photos

Projeto gráfico
Rita M. da Costa Aguiar

Revisão
Carmen S. da Costa
Isabel Jorge Cury

Dados Internacionais de Catalogação na Publicação (CIP)
(Câmara Brasileira do Livro, SP, Brasil)

Jacob, Dionisio
Assombros urbanos / Dionisio Jacob. — São Paulo : Companhia das Letras, 2003.

   ISBN 85-359-0413-1

   1. Romance brasileiro — I. Título.

03-4437   CDD-869.93

Índice para catálogo sistemático:
1. Romances : Literatura brasileira 869.93

[2003]
Todos os direitos desta edição reservados à
EDITORA SCHWARCZ LTDA.
Rua Bandeira Paulista 702 cj. 32
04532-002 — São Paulo — SP
Telefone (11) 3707-3500
Fax (11) 3707-3501
www.companhiadasletras.com.br

ASSOMBROS URBANOS

VINHETA DE ABERTURA <u>ASSOMBROS NA MADRUGADA</u> — 00:15'
ENTREVISTA — CENÁRIO LIMA

CÂMERA ABRE DETALHANDO LIMA. MÚSICA CAI.

LIMA	Boa noite. Estamos aqui para mais uma entrevista dentro do nosso habitual programa que vai ao ar toda madrugada. Para o caso de você estar nos sintonizando pela primeira vez, eu sou o apresentador Lima. São exatamente duas horas e onze minutos. A temperatura varia entre... (<u>olha para o termômetro instalado no cenário</u>)... 42 graus! Mas, claro, isto é apenas um termômetro de cenário. Bem, vamos ao que interessa. A entrevista de hoje será um tanto... espinhosa. É que o nosso entrevistado tem a mania de colecionar cactos e plantas carnívoras. Isso mesmo. Por favor, pode entrar... senhor... (<u>olha o papel</u>) Hugo Anastácio.

HUGO ENTRA BOCEJANDO E VAI SENTAR-SE NA CADEIRA AO LADO DE LIMA.

LIMA	Boa noite, senhor Hugo.
HUGO	Boa noite.
LIMA	Está com sono?
HUGO	Eu costumo dormir muito cedo.
LIMA	Eu gosto da noite. Mas não num estúdio de televisão, é claro.
HUGO	Você tem certeza de que tem alguém assistindo a gente?
LIMA	Certeza, certeza, a gente não tem de nada nesta vida, senhor Hugo. Mas o senhor certamente terá amigos, familiares...
HUGO	Não.

LIMA	Não? O senhor é um solitário?
HUGO	Sim... quer dizer... tirando a Matilde.
LIMA	Matilde? O senhor não quer dizer a plan...
HUGO	Sim, a planta.
LIMA	Começamos bem. Então, senhor Hugo, conta pra gente o caso da sua planta carnívora.
HUGO	Contar o quê?
LIMA	Imagine que, para a grande maioria das pessoas, não é nada normal conviver com uma planta carnívora. As pessoas em geral preferem cães, gatos, passarinhos, até samambaias.
HUGO	Sim. E daí?
LIMA	Parece que vai ser mais difícil do que eu pensava. Explique, senhor Hugo, como o senhor começou essa mania?
HUGO	Eu sempre gostei de plantas exóticas. Desde criança.
LIMA	Desde criança?
HUGO	Eu não gostava muito de brincar com outras crianças.
LIMA	Por quê?
HUGO	Você sabe... as crianças podem ser muito cruéis.
LIMA	Huum...
HUGO	Ninguém gosta de alguém que é diferente, que não gosta das mesmas brincadeiras.
LIMA	Verdade...
HUGO	Aí eu passava as tardes na casa de um tio meu que colecionava cactos. Ficava admirando a coleção dele.
LIMA	Cactos? Não é uma preferência um tanto... como dizer? Árida? Para uma criança, eu quero dizer...
HUGO	Os cactos são muito... dignos.
LIMA	Não disse o contrário, apenas...
HUGO	Os cactos são... profundos!
LIMA	Eu sei, o que eu quero dizer é...
HUGO	Os cactos não mentem!!!

LIMA	Não se fala mais em cacto. Vamos continuar. E na juventude? O senhor não teve lá os seus amores?
HUGO	Não.
LIMA	Passou em branco?
HUGO	Quer dizer. Teve uma... Bom. Eu não queria falar nisso. Eu vim aqui falar da planta.
LIMA	Correto. Vamos nos manter na pauta. Como surgiu a idéia da planta carnívora?
HUGO	Quando cresci, tive minha coleção de cactos. Ainda maior do que a do meu tio. Sempre gostei de plantas exóticas, sabe? Lia muito sobre o assunto. E meu sonho era ter uma planta carnívora. Então, quando pude dispor do meu fundo de garantia, encomendei uma planta carnívora africana. Ela demorou para chegar e deu algum problema na alfândega.
LIMA	Que tipo de problema?
HUGO	Ela foi acusada, injustamente, de ter comido um cachorro pequinês que estava a bordo. Depois descobriram o cachorro.
LIMA	Certo. Folgo em saber. E o senhor trouxe a planta?
HUGO	Sim. Está ali atrás. Pedi para ela ficar um pouco no escuro. A pobrezinha fica muito agitada em ambiente estranho.
LIMA	Poderia ir buscá-la agora?

HUGO SE LEVANTA E SAI DE ENQUADRAMENTO.
LIMA FALA PARA A CÂMERA.

LIMA	É... tem gente para tudo neste mundo de Deus. Eu sei que não é bonito falar do entrevistado pelas costas, mas como tenho certeza de que não tem ninguém nos assistindo, tanto faz.

HUGO RETORNA, TRAZENDO A PLANTA.
SENTA-SE COM ELA NO COLO.

LIMA	Com que, então, essa é a Matilde? Não me parece muito nervosa.
HUGO	Matilde, cumprimente o homem.
LIMA	Você está gozando da minha cara, não está?
HUGO	Eu não brinco. Odeio brincadeiras. Odeio gozações!
LIMA	Ela fala?
HUGO	Não, claro. Ela faz um movimento para sim e um movimento para não. O movimento para sim também serve como cumprimento.
LIMA	O senhor quer dizer que ela entende suas palavras?
HUGO	Com certeza. Matilde, cumprimente o homem.

OS DOIS OBSERVAM COM INTERESSE A PLANTA CARNÍVORA, QUE SE MANTÉM IMÓVEL.

HUGO	Vamos, Matilde. Faça o que eu estou mandando... Viu?
LIMA	O quê?
HUGO	O movimento dela?
LIMA	Para mim ela está parada como uma planta num jardim sem vento.
HUGO	Mas ela se moveu. É muito sutil. Olha! Olha agora!
LIMA	Não... ainda não notei nenhum movimento.
HUGO	O senhor é cego, por acaso? Ela se moveu claramente da direita para a esquerda. Isso é um cumprimento. Ela cumprimentou o senhor.
LIMA	Oi, Matilde, como tem passado?

OS DOIS OLHAM PARA A PLANTA, QUE CONTINUA IMÓVEL.

LIMA	É meio esquisito se dirigir a uma planta.
HUGO	Mas elas gostam. Gostam muito. E respondem. Com o tempo a gente aprende a entender.
LIMA	Será que o senhor não está exagerando um pouco?
HUGO	Está me chamando de mentiroso?
LIMA	De modo algum... eu...
HUGO	Pois eu não admito... Vem! Vamos embora daqui, Matilde.

HUGO SE LEVANTA.

LIMA	Desculpe, desculpe! Foi indelicadeza da minha parte. Vamos continuar, senhor Hugo. Do que essa planta se alimenta?

HUGO VOLTA A SENTAR-SE, A CONTRAGOSTO.

HUGO	O normal dela é ser carnívora, quer dizer, come insetos, essas coisas. Mas estou ensinando ela a comer verduras.

LIMA ESTOURA NUMA GARGALHADA INCONTROLÁVEL.

HUGO	Do que o senhor está rindo?
LIMA	Desculpe... é que... bem... o senhor quer transformar a planta numa fratricida?
HUGO	Não tem nada a ver. Verduras não têm sentimentos como as plantas ornamentais, principalmente as exóticas.
LIMA	Como o senhor sabe?
HUGO	O senhor já experimentou conversar com uma verdura?
LIMA	Francamente, não.
HUGO	Não sai nada dali. São inertes. Estúpidas. Só servem para serem devoradas. É a sua função.

LIMA	E o senhor quer que a Matilde passe para uma dieta à base de verduras?
HUGO	É mais saudável. Eu mesmo sou vegetariano.

LIMA SOLTA OUTRA GARGALHADA.

HUGO	O que foi?
LIMA	É que me passou pela cabeça uma coisa. Imagine a manchete de jornal: "Planta carnívora come seu dono vegetariano".

HUGO FECHA O ROSTO NUMA EXPRESSÃO CARRANCUDA.

HUGO	Foi para isso que me trouxe aqui? Para gozar da minha cara?
LIMA	Não foi essa a intenção, absolutamente. Senhor Hugo, isto aqui é um programa leve. Não custa dar uma descontraída.
HUGO	Foi, sim!

LIMA, ASSUSTADO, SE AJEITA NA POLTRONA SEM NADA DIZER.

HUGO	Vocês são todos iguais. Só sabem rir. Rir! Riem de tudo. Tudo é motivo de escárnio para vocês!
LIMA	O senhor está se referindo exatamente a quem?
HUGO	A todos... todos vocês. Eu sei o que vocês querem. Humilhação. Vocês desejam ver alguém se humilhar, não é?
LIMA	Senhor Hugo, eu...
HUGO	Calado!
LIMA	Sim.
HUGO	Se a humilhação acabasse, ninguém mais sorria neste planeta. Está certíssimo aquele ditado que diz: "Não

	basta ser feliz. É necessário também que os demais sejam desgraçados!".
LIMA	Também não é assim...
HUGO	Calado!
LIMA	Sim.

HUGO APONTA PARA MATILDE.

HUGO	Para você, ela pode ser motivo de riso. Mas para mim ela possui dignidade! Ela é selvagem, mas não ri de ninguém. Ela não é carinhosa, mas é incapaz de mentir, entendeu? Ela não mente! ELA NÃO MENTE!!!

HUGO ABANDONA O CENÁRIO CARREGANDO A PLANTA.
LIMA, SEM GRAÇA, OLHA PARA A CÂMERA.

LIMA	Puxa... isso me deprimiu. Eu não tinha a intenção de magoar. Mas magoei. A verdade é essa. O pobre homem saiu daqui arrasado. Quem inventou esta porcaria de programa? Quer saber? Por hoje chega. Vamos parar por aqui. Até amanhã para vocês.

LIMA SE LEVANTA INTEMPESTIVAMENTE E SAI.
CÂMERA TENTA ACOMPANHAR. CHUVISCO. CORTE.
VINHETA DE ENCERRAMENTO — 00:15'

Lima

Quando os homens da mudança foram embora — emburrados pela falta de gorjeta —, Lima sentou no chão, em meio ao caos: móveis, eletrodomésticos, caixas de papelão, roupas, livros (muitos), artigos de higiene pessoal... tudo misturado, sem nexo, uma bagunça! Coçou a cabeça. O apartamento daquele jeito era "a cara da sua vida", como diria Graça, a produtora do *Assombros*. Cada objeto refletia uma época: pequenos cacos de um espelho antigo, espatifado pelas constantes mudanças, inútil para enquadrar um rosto inteiro.

E o que dizer do nome do prédio? Edifício Saturno... "Saturno!", murmurou Lima, espantado com a coincidência. A palavra sempre lhe sugerira estranhas ressonâncias: havia nela um eco de "soturno", era quase um sinônimo de melancolia. E isso tudo rimava com seu estado de espírito. Como adorava o tema, pinçou num dos montes de livros a surrada edição de *Mitologia grega* e foi até o verbete "Saturno": conhecido também como Cronos, o Tempo, que devora seus filhos! No currículo extenso e arcaico da divindade constava o haver dirigido o Universo na Idade de Ouro.

Suspirou: tudo parecia se ajustar, como se as coisas do mundo externo fossem geradas pelos sentimentos que experimentava naquele momento, e não o inverso. Mas seria isso mesmo? E enquanto dava início a uma primeira tentativa de ordem no apartamento, deixava a memória vagar numa retrospectiva, buscando uma visão de conjunto dos anos vividos. Procurava em vão remontar à origem da percepção que possuía de si mesmo: deslocado em todo ambiente, cidadão exilado de um país, ou de um tempo, esquecido por todos. Sem contar aquela sensação íntima e onírica de que todo mundo ia desaparecer enquanto ele tivesse ido ao banheiro, fugindo para algum lugar em que ele também deveria ir mas que não sabia bem onde era. Ou, ainda, a noção entranhada de que havia chegado atrasado a uma festa muito boa, da qual restavam algumas cadeiras reviradas, uma decoração caída e, claro, uma testemunha ocular da maravilha.

E não se tratava tão-somente de uma sensação nostálgica e esfumada de uma era dourada que perdera. Baseava-se em dados concretos, muito precisos. Em dezenas de ambientes de trabalho em que alguém sempre dizia: "Aqui era uma maravilha, antes. Pena que você não pegou aquela fase!". Ou a pior de todas: "Se você tivesse trabalhado aqui na época do [...], iria ver como era bom! Isto era uma festa!" (Sempre a tal festa!).

A tal ponto eram freqüentes essas afirmações que ele se perguntava como as pessoas faziam para chegar num lugar na melhor época. Seriam coordenadas por um gigantesco relógio cósmico com o qual ele estava em descompasso? Naquele dia mesmo, enquanto aguardava a mudança, apanhou o elevador com um novo vizinho que foi logo disparando o velho adágio: "Você precisava ter se mudado para cá uns dez anos atrás! Este prédio era uma família. Todo mundo era amigo. Qualquer coisa era motivo para festa. (Ainda a maldita festa!) O prédio se deteriorou. Muita gente boa mudou. Agora tem uma gentinha...".

Enquanto procurava imaginar que tipo de "gentinha" seria aquela, percebeu que não havia comprado lâmpadas. O fim de tarde diluía os objetos do apartamento numa densa penumbra: a sala parecia um mundo antes da ordenação. Apanhou o paletó para ir até algum supermercado, mas parou na janela. Permaneceu alguns instantes observando a vista que se descortinava: centenas de prédios. Sua imaginação dada a devaneios brincou de calcular o que um homem de uma época mais antiga da História acharia daquela paisagem estranha, descontínua, sem horizonte — pelo menos do seu ângulo —, organizada geometricamente por milhares de janelas quadradas, agora acesas, mundinhos fragmentados em espigões verticais.

Sentiu vontade de soltar um uivo, lembrança repentina de um esquecido exercício. Mas reprimiu a vontade. Deixou-se ficar mais um pouco, cotovelos apoiados sobre o parapeito, ouvindo o fragor do trânsito, as buzinas e sirenes. De algum apartamento próximo vinha o som de uma televisão, misturado ao de talheres sendo lavados: a rotina das horas desencantadas.

Então saiu.

Preâmbulo

Esta narrativa se desenrola, em sua maior parte, na longínqua década de oitenta do século passado. E como está sendo escrita nos primeiros anos do novo milênio, pode parecer excessivo ao leitor minucioso caracterizar como "longínquo" um recuo de duas décadas. A razão disso é que, além de o peso da década em questão estar situado na moldura de um outro século — e de um outro milênio! —, a noção de tempo utilizada neste trabalho não é aquela que nos chega intuitivamente, por meio dos ciclos naturais, das horas do dia e das folhinhas. Antes, trata-se daquela noção mais recente, baseada na obsolescência com que a informática nos tem acostumado a conviver e que faz com que um computador de alguns anos atrás pareça um objeto pré-histórico.

Isso não chega a ser um estorvo e vem mesmo colaborar com uma outra pretensão desta história, que é a de ser uma fábula; ou ter alguma coisa de lendário. Ela poderia até iniciar-se assim: "Num tempo em que as pessoas não sabiam o que era e-mail nem telefone celular...". Obviamente, não se trata de fábulas e lendas da tradição dos contos infantis. Aproxima-se mais daquilo que nos últimos anos alguns têm chamado de "lendas urbanas", uma série de narrativas espalhadas boca a boca pelas grandes metrópoles do mundo, misto de realidade e de fantasia. O que é bem o caso do nosso Lima.

E do seu edifício Saturno.

Planejado para ser um prédio entre outros, todos pertencendo a um grande condomínio pioneiro, teve, entretanto, um destino solitário. Foi erguido naquele momento do início dos anos setenta em que era dada a largada para a febre de verticalização que, depois, assolou todos os bairros da cidade.

Mas se nasceu para fazer parte de um condomínio em que cada edifício receberia o nome de um planeta do sistema solar, acabou por ficar isolado na órbita urbana. Houve algum problema, não se sabe se de verba ou projeto — ou os dois. O certo é que aconteceu uma briga séria entre os sócios da construtora, acompanhada atentamente pelos jornais da época. O fato é que o condomínio gorou. Só o Saturno, construído às pressas, permaneceu, embora embargado. Após árdua luta na Justiça, os proprietários dos apartamentos conseguiram que outra construtora terminasse correndo o empreendimento, iniciando aquela fase que o vizinho de Lima descreveu como festiva, hoje aparentemente encerrada.

E agora, depois de passar a vida inteira alugando apartamentos e pequenas casas de fundo, Lima sentia orgulho por ter afinal adquirido alguma coisa sólida na sua vida. Embora houvesse ainda muitas parcelas por quitar, era algo seu: sua casa. Isso fazia valer a pena até o *Assombros*, mesmo que aqueles corredores escuros e tristonhos e aquelas paredes trincadas não lhe recordassem o mais festivo dos lugares deste mundo.

Curriculum vitae

Luís Lima Vidigal
Nascimento: São Paulo, 15 de agosto de 1949.

Instrução e Trabalhos

1956-1964 — Primário e ginásio completos. Escola Municipal Benedito Reale.

1965-1967 — Curso técnico em contabilidade.

1968 — É empregado na Leandro Contábil.

1968 — Curso de teatro (preparação de atores).

1969 — Montagem amadora de *Morte e vida severina*.

1970 — Assiste como ouvinte o curso de história da filosofia ocidental (USP).

1971 — Tem aulas de batik e expressão corporal.

1973 — Aulas particulares de flauta doce e ingresso no grupo de teatro Enygma.

1973 — Abandona definitivamente a Leandro Contábil.

1974 — Primeira e única encenação do espetáculo *Zumbis urbanos*.

1974 — Freqüenta a terapia do grito primal.

1975 — Curso de filosofia oriental na PUC.

1975 — Ensaios do espetáculo *Caos* (não encenado).

1976 — Trabalha como administrador do restaurante alternativo Tofu.

1977 — Muda-se para Itacolomi da Serra, onde vive cinco anos na comunidade Aquário.

1982 — Retorna para São Paulo, morando um tempo com os pais.

1982 — Testes para comerciais de televisão.

1983 — Pequena ponta na comédia teatral *Um mordomo do barulho*.

1983 — Ensaios e montagem de *O sopro das Musas*.

1984-1985 — Apresentador do telejornal da manhã na Rede Plus.

1986-1988 — Apresentador do talk-show *Assombros na madrugada*.

Um telefonema

— Alô?

— Isolda?

— Quem é? Papai? Aconteceu alguma coisa?

— Não. Sou eu.

— Eu, quem? Escuta aqui, se for trote, vá para...

— Não, sou eu, Isolda. O Lima.

— Lima?!?

— É...

— Lima, você sabe que horas são?

— Eu sei, sim. Me desculpe...

— Lima, são... são quatro horas da manhã!!

(pausa)

— Eu sei, eu sei, desculpe... eu precisava conversar.

— Não dava para deixar para amanhã?

— É que eu estou muito deprimido.

— O que foi que aconteceu?

— O programa...

— Que programa?

— O programa que eu estou apresentando.

— Ah... como se chama mesmo?

— Assombros na madrugada.

— O que é que tem?

— Você já assistiu?

— Não, Lima. Passa muito tarde.

— Eu sei. Ninguém assiste aquela porcaria.

— Lima, não dá mesmo pra gente conversar durante o dia? Estou morta de sono. Dou aula logo cedo.

— Por que você está falando baixo?

— Por quê? O Duda tá aqui. Você esqueceu que eu sou casada?

— Ele está bom?

— Está.

— Vocês estão bem?

— Está tudo bem, Lima. Você bebeu?

— Um pouquinho só.

— Lima, tem certeza de que você quer conversar agora?

— É que você é uma pessoa que eu gosto de ouvir. É muito sensata.

— Sou sensata em horário comercial. De madrugada não me responsabilizo por nada do que eu disser.

— Aquele programa é horrível. Horrível.

— O que você quer que eu faça? Saia dele.

— Eu pensei nisso. Mas comprei este apartamento, agora. Não posso ficar desempregado, sem nada em vista.

— Trabalho sempre aparece.

— Não é bem assim. Fiquei dois anos sem nada.

— Lima, eu não posso resolver a sua vida. Pelo menos não às quatro da matina.

— Eu sei, eu sei... é que... às vezes eu vejo tudo confuso na minha frente... não consigo enxergar as coisas claras, entende?

— E não vai ser agora que você vai mudar. Escuta, se o programa é ruim não é culpa sua, certo? Encara como um trabalho. É um trampo. De repente clareia, surge outra coisa melhor e você salta fora.

— É... é isso aí. Você tem toda a razão, Isolda. Viu só? Por isso eu gosto de conversar com você.

— Lima, eu só disse o óbvio.

— Acontece que eu nunca consigo reconhecer o óbvio. Preciso que alguém me acerte ele na cabeça como se fosse uma sapatada.

— Então está dada a sapatada. Posso dormir agora?

— Pode. Obrigado por me escutar... e desculpe.

— Tudo bem. Da próxima vez, por favor, mais cedo.

— Certo, certo... Tchau.

— Tchau...

Uma breve biografia sentimental

Procrastinar: *1.* Transferir para outro dia; adiar, delongar, demorar, protrair. *Int. 2.* Usar de delongas, de adiamentos. **Procrastinador:** aquele que está sempre adiando tudo.

No dia em que Lima descobriu esse verbete no dicionário, disse para si mesmo que encontrara, talvez, sua melhor definição. Descontando sua tendência natural para depreciar-se, estava, entretanto, correto quanto a isso, mesmo porque era muito óbvio.

Essa tendência, decorrente da sua natural indecisão, formava, junto com a arraigada fobia por compromissos, a argamassa com que ele construíra a base instável de seus relacionamentos amorosos. Tivera muitas namoradas, muitas delas passageiras. Inúmeras se constituíram em casos muito breves e outras foram um pouco mais duradouras. Uma, entretanto — como costuma acontecer —, marcou: Isolda.

Amiga de primeiras horas da descoberta do mundo teatral, haviam atravessado juntos os laboratórios intensivos do grupo Enygma. O namoro começou durante os ensaios da peça *Zum-*

bis urbanos, primeira direção do seu amigo Tutti. Totalmente experimental, era um espetáculo sem texto, baseado em expressão corporal: os atores se moviam numa lentidão exasperante. Lima chegara a cronometrar cinqüenta minutos para atravessar, completamente nu, um pequeno palco de seis metros.

A peça teve apenas uma encenação e, por incrível que possa parecer, não foi por falta de público, pois havia na época — meados dos anos setenta — uma receptividade para essas experiências. Além disso, a apresentação se deu num pequeno teatro improvisado dentro de um cursinho muito populoso: mesmo que fosse aborrecida, qualquer peça haveria de juntar um quórum mínimo de interessados, se não em estética de vanguarda, pelo menos em ver gente pelada.

Muitos fatores concorreram para o fiasco: um deles foi que a encenação aconteceu no auge de um inverno rigoroso e, graças a um vento encanado que atravessava a coxia, boa parte do elenco se resfriou. Alguns outros, entre eles Lima, haviam acordado com terríveis dores musculares, contraídas como resultado do esforço exigido pelos movimentos lentos. Mas nem uma coisa nem outra impediria uma segunda apresentação. O que houve mesmo foi um racha no grupo, de caráter ideológico, cujos detalhes fogem ao interesse da nossa narrativa. Basta dizer que foi uma briga feia, que, tendo origem na discussão estética, terminou na mais mesquinha acusação pessoal. Os descontentes saíram para formar outro grupo. Os fiéis, como Lima e Isolda, ficaram. Mas, achando que aquela experiência havia esgotado suas possibilidades, começaram a pensar com entusiasmo no espetáculo seguinte.

Quanto a Lima, suas terríveis dores musculares sofreram uma melhora sensível quando, no dia seguinte ao espetáculo, ele foi até a casa que Isolda alugava e recebeu dela uma aplicação de shiatsu. A partir daquela data o caso engrenou e eles namoraram por uns dois ou três anos. Passaram a ser vistos sempre juntos nos ensaios, em viagens, nos bares. Depois de algum tempo, Isolda começou a se desinteressar do trabalho no Enygma. Houve uma grande discussão interna, onde o "aburguesamento" da namorada de Lima foi colocado em foco e discutido por todos. Ela respondia que estava simplesmente amadurecendo.

Os dois também discutiam muito. Lima era sempre cobrado por Isolda. Ela estaria disposta até a casar ou juntar os trapos com ele. Mas era preciso que a vida dos dois engrenasse um pouco, ou, antes, que "tivessem uma vida", como ela dizia, o que significava capacidade de alugar casa, pagar contas, trabalho. Tudo isso soava muito classe média aos ouvidos de Lima. Discutiam noite adentro, mas Lima sempre pedia um tempo a mais. Até que Isolda conheceu o Duda e se apaixonou. Quando Lima tomou consciência do fato, teve uma reação imediata, como se só a iminência de perder Isolda fosse capaz de fazer com que ele tomasse afinal uma decisão. Mas era tarde demais.

Lima passou uma época de grande depressão, quando protagonizou uma cena ridícula que chegou inclusive a sair nos jornais. Para entender bem tal reação é necessário ter em mente que Lima era o mais travado dos integrantes do Enygma. Já no espetáculo *Zumbis urbanos* fora o único que se recusara a aparecer totalmente nu. Segundo Tutti, isso atrapalhava o seu rendimento cênico. Nem os mais estapafúrdios laboratórios conseguiam que ele se "soltasse" de vez. Encorajado pelos companheiros do grupo, participou de uma terapia da moda: a do grito primal.

Essa terapia era ministrada por uma figura carismática conhecida como Gouveia. Foi muito freqüentada por todos os que ansiavam por uma experiência de liberação mais radical: a procura de um determinado estado de ser em que o elemento dionisíaco fosse a tônica. Em outras palavras: era preciso soltar, desamarrar, desbloquear, e o ponto alto era o uivo, um grito que vinha das entranhas mais profundas.

Até essa época, Lima costumava usar terno e gravata, mania que trouxera ainda da época do curso de contador. A primeira coisa que o Gouveia fazia era pedir que ele tirasse a gravata e o paletó. Depois, que desabotoasse a camisa, tirasse o relógio do pulso. Com o tempo, Lima foi alterando seu vestuário. Aposentou o terno, aderiu ao jeans. Passou a usar sandália de tira e chegou ao limite de adquirir uma bata indiana. Deixou crescer a barba e o cabelo. Cada mudança era aplaudida pelos demais. Mas uivo mesmo que era bom, nada.

Era, de longe, o aluno mais difícil da classe. Lima simplesmente não conseguia uivar. O som travava na garganta, saía uma coisa espremida, tímida, sem substância. O pior era que, em pouco tempo, o resto do grupo berrava com a maior naturalidade. Para quem passasse do lado de fora, o consultório do Gouveia parecia algum tipo de mata recôndita, onde os urros mais bestiais, os silvos mais peçonhentos se faziam ouvir sem a menor inibição. A partir de então iniciavam-se outros exercícios desinibidores. Mas não para Lima, que não tinha conseguido passar pela prova do grito.

Enquanto os companheiros seguiam céleres pela via selvagem, ele permanecia sufocado por crostas de inibições, por séculos de repressão, como dizia o Gouveia, olhando-o com um misto de piedade e reprovação. O Luís Paulo, seu colega contador, que havia entrado com ele no grupo Enygma, estava tão liberado que ganhara até o apelido de Fera, tamanho o volume de seus uivos. Houve um dia particularmente frustrante quando todo o grupo se reuniu em volta de Lima numa espécie de corrente de força, todos entoando mantras, enquanto Lima, no meio, procurava soltar o grito primal. E nada. Seu melhor grito foi um pífio som estrangulado que, segundo Gouveia, mais parecia o apito do guarda de trânsito. Não tinha jeito. O Lima era um ser definitivamente perdido para a catarse.

Então, no meio desse processo, após um ensaio desgastante, o grupo se reuniu numa pizzaria na Consolação. Mal haviam sentado, Lima avistou, numa mesa de canto, Isolda e Duda conversando animadamente e trocando alguns olhares enternecidos que o irritaram. Levantou-se e foi cumprimentar a ex-namorada. Houve, como não podia deixar de acontecer, um certo constrangimento. Até aí tudo ainda estava dentro dos limites da civilização. Só que ele permaneceu parado, em pé, na frente do casal, que o olhava sem entender, sem poder continuar a conversa ou a comer a pizza.

Se ele, depois disso, voltasse para a sua mesa, a atitude já tinha ficado esquisita assim mesmo. Mas não. Alguma coisa o atava ali. Ultrapassara o domínio do bom senso. Estava em plena região selvagem. E talvez por isso mesmo fez o que fez: uivou. Inesperadamente. Uivou como o homem deveria ter uivado na aurora dos tempos, segundo Gouveia. Foi um uivo devastador, de causar inveja ao mais alucinado barítono. Um berro que beirou o desumano, no qual ele depositou toda a carga da sua frustração, da sua indecisão, da sua procrastinação. E que deixou o casal totalmente desarmado.

Atrás dele, uma senhora gorda que conversava alegremente em sua mesa sem perceber a cena constrangedora que se desenrolava ao lado, no impacto do uivo soltou ela mesma um grito de pavor. Sem saber o que estava acontecendo entrou em pânico, derrubando todos os pratos da mesa ao tentar levantar-se rapidamente. Em todas as salas do restaurante explodiram pequenos gritos ou exclamações de susto, até que um silêncio denso envolveu o estabelecimento. A senhora gorda, agora em pé e com a mão direita pousada sobre o acelerado coração, olhava ora para os pratos no assoalho, ora para Lima, ora para os outros, querendo entender por que diabos alguém metera aquele berro bem na sua orelha.

Uma família de coreanos sentada em volta de uma grande mesa circular parecia uma fotografia congelada. Todos encaravam Lima fixamente, com o mesmo olhar desamparado, fatalista, como se estivessem se preparando para algo pior que viria em seguida. Até mesmo os garçons e o gerente, na caixa, não sabendo que atitude tomar, trocavam olhares vagos. Então, Lima, ciente de que nenhuma explicação jamais seria suficiente para justificar aquela atitude, ele mesmo surpreso por ter feito aquilo, virou-se e foi caminhando calmamente para a rua.

Uma vez lá fora, apressou o passo na direção do centro, sentindo-se absolutamente miserável. Quando estava na altura do cemitério da Consolação foi alcançado por seus amigos. Ganhou de Tutti e dos outros uns tapinhas silenciosos e uns sorrisos aprovadores: havia conseguido. Havia, afinal, se liberado.

No dia seguinte, Tutti veio com o jornal onde o fato era descrito numa nota pequena, sem maiores pormenores. A partir daí o apelido de Lima, por um tempo, foi Coiote. Ele ria, ruborizado, do acontecido, que acabou adquirindo um aspecto lendário, sendo contado através dos anos como a história de um ator que perdera a compostura num restaurante. Acabou ligando e se desculpando tanto quanto possível com Isolda, que foi compreensiva mas pediu que eles não se vissem por um bom tempo. Seria saudável para os dois. Ele entendeu e aceitou.

No meio desse turbilhão emocional, resolveu abandonar o grupo Enygma. O novo espetáculo, *Caos*, foi uma experiência frustrada por causa do excessivo rigor de Tutti. Numa noite ele abraçava todos os atores depois do ensaio, comovido, afirmando que o espetáculo era lindo. Na outra urrava pelo palco: "É uma merrrda! Estamos fazendo uma merrrda". E saía pelas ruas numa volúpia de autodestruição. Lima cansou e pôs na cabeça que queria participar de uma experiência comunitária em Itacolomi da Serra, cidade situada em alguma coordenada esquecida do Planalto Central. É que naquele tempo, para ganhar algum dinheiro, Lima usava seus conhecimentos de contador para ajudar a administrar um restaurante macrobiótico, o Tofu. E foi lá que travou contato com alguns integrantes daquela comunidade.

Para Tutti, aquilo era uma fuga; para Lima, um encontro consigo mesmo. Discutiram uma noite inteira. Um não conseguia convencer o outro com argumentos. E Lima já havia atravessado aquela linha demarcatória que se beira em todas as decisões. Optou pela viagem, do mesmo modo que deu o grito no restaurante: por um impulso obscuro.

Bem, para falar a verdade havia uma garota: Cinira. Ela ia sempre almoçar no Tofu. E também estava de malas prontas. Assim, quando deram por si, Lima e Cinira foram deixados por um caminhão caindo aos pedaços num lugar agreste. A única construção era uma igreja abandonada, agora sede da comunidade. Um cabeludo os recebeu com um sorriso falho. Naquela mesma noite, no rústico quarto comunitário, um outro rapaz um tanto amargo lhe confidenciou antes de apagar o lampião:

— Você devia ter chegado aqui uns dois anos atrás. Agora já não é a mesma coisa.

**VINHETA DE ABERTURA <u>ASSOMBROS NA MADRUGADA</u> — 00:15'
ENTREVISTA — CENÁRIO LIMA**

CÂMERA ABRE DETALHANDO LIMA. MÚSICA CAI.

LIMA   Boa noite. São exatamente duas horas da manhã e estamos dando início a mais um <u>Assombros na madrugada</u>, o primeiro programa da história da televisão a ser patrocinado por alguém que não faz a mínima questão de aparecer. É incrível, mas é verdade. Não sabemos se se trata de um milionário excêntrico ou um mecenas do insólito ou o quê. A única coisa que eu gostaria de saber é por que esse programa tem que ir ao ar às duas horas da manhã!

LIMA OLHA EM OUTRA DIREÇÃO.

LIMA   Como? Desculpem. Foi a minha produtora, a Luísa. Está pedindo para que eu não seja dispersivo. Mas, vejam bem... A quem isso interessa? Sabemos muito bem, caro telespectador, que você NÃO está me assistindo agora. Deve estar dormindo profundamente, no que faz muito bem. Eu faria o mesmo, se não fosse a tirania do salário. Este canal já não é um prodígio de audiência, que dirá um programa que começa às duas da madrugada?

LIMA APANHA UM VIDRINHO DO BOLSO DO TERNO. APANHA ÁGUA DE UMA JARRA QUE ESTÁ NO CENÁRIO. TOMA UM COMPRIMIDO.

LIMA   Estão vendo? É contra a ansiedade. Mas vai a ansiedade e vem a melancolia. Meu peito é um carrossel de neurastenias. Qualquer dia eu jogo tudo isto para o ar, apanho meu fundo de garantia e me mando! Tudo bem, tudo bem, Luísa... já vou começar. É que hoje estou mal. Vamos ver quem é a admirável criatura que eu vou entrevistar hoje.

LIMA LÊ UMA FICHA.

LIMA O amigo telespectador que não está me vendo deve estar lembrado daquele caso que saiu nos jornais da cidade — nos piores jornais, quero dizer — há questão de uns dois meses. Várias manchetes diziam, com sutis variações entre elas, que uma balconista do Mappin havia sido abordada por um alienígena. Bem, claro, nossa produção foi atrás e trouxe a senhorita Gorete Maria da Silva, a balconista em questão, até nossos estúdios. Entre, por favor, Gorete.

GORETE ENTRA TIMIDAMENTE, TENTANDO DISFARÇAR UM BOCEJO.

LIMA Boa noite, Gorete...

GORETE Boa noite.

LIMA Belo vestido.

GORETE Não é sempre que a gente tem a oportunidade de aparecer na televisão. Mas o senhor acha que tem alguém assistindo?

LIMA Essa pergunta, feita noite após noite, vai arrebentando com os nervos da gente. Não sei, minha querida. Você não tem amigos, família?

GORETE A minha família mora toda em Aracaju. Eu estou aqui tem só três meses. Conheço é pouca gente.

LIMA Infelizmente, a potência da nossa emissora não vai além do pico do Jaraguá. Bem, a esperança é a última

	que morre. Afinal, seu caso saiu nos jornais. Se bem que já foi há mais de dois meses... Mas, como não temos idéia se alguém está assistindo, na dúvida, vamos nos comportar adequadamente.
GORETE	O senhor é gozado.
LIMA	É, talvez eu tenha errado de profissão. Mas me diga, Gorete, você foi mesmo abordada por um alienígena?
GORETE	Fui! Juro! Não sou mulher de mentir, não!
LIMA	E em que lugar você foi abordada?
GORETE	No meu trabalho.
LIMA	No Mappin?
GORETE	É.
LIMA	Humm...
GORETE	É verdade. Foi lá mesmo.
LIMA	Em que departamento você trabalha?
GORETE	Calcinhas e sutiãs.
LIMA	E o alienígena estava interessado nesses artigos?

GORETE SOLTA UMA RISADA FINA E MODULADA.

GORETE	Não. Ele estava numa missão de reconhecimento.
LIMA	Mas por que ele abordou justamente você? Você sabe de algum segredo?
GORETE	Ah, isso foi exagero do jornal. É que eu fiquei um pouco nervosa na hora e comecei a dar uns gritos.
LIMA	Conta... Conta como foi.

GORETE SE LEVANTA DO SOFÁ COMO SE PRECISASSE DE ESPAÇO PARA CONTAR A SUA HISTÓRIA. GESTICULA BASTANTE.

| **GORETE** | Bom, eu estava lá, atendendo uma senhora, quando o sujeito se aproximou. Era um cara simpático, elegan- |

te. Eu fiquei até curiosa para saber o que ele queria naquele departamento. Aí eu escutei uma voz bem aqui dentro da minha cabeça: "Sou um ser de outra galáxia e queria bater um papinho com você". Fiquei tão assustada que dei o maior grito.

LIMA   Gritou como?

GORETE   Assim, ó.

GORETE DÁ UM GRITO. LIMA SORRI.

LIMA   Devastador.

GORETE   Todo mundo na loja levou o maior susto.

LIMA   Não me admira. Caso venha a ser deflagrada uma invasão alienígena, a senhorita deveria ser utilizada como alarme.

GORETE SOLTA UMA GARGALHADA.

GORETE   O senhor é gozado. Bom, foi o maior corre-corre. Acharam que era um assaltante. Fui até a delegacia. Quando eu comecei a explicar, pronto... tinha jornalista lá perto e a coisa toda começou.

LIMA   E você não viu mais o ET?

GORETE   Na hora ele sumiu.

LIMA   Eu faria o mesmo.

GORETE   Depois de uma semana, ele apareceu. Me convidou para jantar. Fomos ao cinema e tudo.

LIMA   Escuta, Gorete. Como você pode ter certeza de que ele é um alienígena? Por acaso ele possui antenas, é verde, essas coisas?

GORETE   Não... não. De aparência é normal, como qualquer ser humano. Quer dizer, essa é a forma que ele está usando.

LIMA	Sei, a forma. Ele pode trocar de forma como nós trocamos de roupa, certo?
GORETE	Como o senhor sabe?
LIMA	Bem, eu já assisti meia dúzia de filmes assim.
GORETE	Mas é verdade, juro...
LIMA	E a criatura tem algum nome?
GORETE	Osvaldo.
LIMA	Osvaldo? Mas com certeza não é assim que o chamam em seu planeta de origem.
GORETE	Bom, ele pediu para não contar.
LIMA	Qual o problema, Gorete? Você já não está contando sobre ele?
GORETE	Bem... está certo. O nome dele é Gípion.
LIMA	Gorete, desculpe dizer, mas você não foi vítima de uma cantada barata?

GORETE VOLTA A SENTAR NO SOFÁ, COM UMA EXPRESSÃO OFENDIDA.

GORETE	Não!
LIMA	Pense bem, Gorete. A coisa toda é estranha. Não existe nenhuma prova mais consistente?
GORETE	E a telepatia? Como o senhor explica a telepatia?
LIMA	De fato. Mas o que eu me pergunto é... foi telepatia mesmo?
GORETE	O que o senhor quer dizer com isso?
LIMA	Será que quando ele apareceu a primeira vez, essa voz que a senhorita escutou na sua cabeça não foi produzida pela sua própria imaginação?
GORETE	Não! Todo mundo sabe que eu não tenho muita imaginação.
LIMA	Às vezes a cabeça da gente engana, Gorete. Vai ver que a senhorita gostou do rapaz e sua cabeça provocou uma

fantasia. Aí, depois que saiu aquilo tudo no jornal, o rapaz, que não é bobo nem nada, voltou para representar o papel que lhe foi imposto pela mídia. O que você acha dessa minha teoria?

GORETE TEM UM ATAQUE DE FÚRIA. LEVANTA-SE E APROXIMA O DEDO DO ROSTO DE LIMA.

GORETE Quer calar essa boca imunda?

LIMA Como?

GORETE Não foi nada disso! Ele é um ser de outro planeta. E ele é muito gentil, sabia? Nós nos apaixonamos. Ele... ele... ele me abduziu!

LIMA E como isso aconteceu?

GORETE Fomos até a nave dele.

LIMA Você entrou na nave?

GORETE Foi uma coisa muito espantosa. Nós fomos teletransportados para lá.

LIMA Como assim?

GORETE A gente estava na minha casa e começamos, o senhor sabe... bem...

GORETE FICA RUBORIZADA. OLHA PARA O CHÃO.

LIMA Eu entendo, Gorete. Nosso suposto público também. A senhorita não precisa entrar em detalhes. E aí?

GORETE Então surgiram faíscas, luzes, e, quando eu vi, estava dentro da nave, atravessando o céu. Cada toque nosso produzia faíscas coloridas.

LIMA Faíscas coloridas?

GORETE Multicores. Parecia uma festa de São João.

LIMA Sei.

GORETE LEVANTA-SE, GESTICULA MUITO ENQUANTO FALA E SEU OLHAR ESTÁ ESGAZEADO.

GORETE   Nós sobrevoamos a Terra toda: voamos sobre os oceanos, os países, vi o pólo norte, o deserto do Saara... e terminamos o vôo aqui no parque do Ibirapuera.

LIMA   No Ibirapuera?

GORETE   Foi deslumbrante.

LIMA   Sei, sei... e o que aconteceu depois dessa farra toda?

GORETE VOLTA A SENTAR-SE.

GORETE   Aí... ele teve que ir. Teve que retornar para sua missão intergaláctica. Chamaram ele de volta para o planeta de origem, onde ele tem mulher e filhos...

LIMA   Sei, sei...

GORETE   Ah, se o senhor quer saber... Antes não tivesse acontecido. Eu não sabia o que era felicidade. Não fazia idéia da vida besta que levava. Agora é insuportável viver sem ele. Queria tanto que ele voltasse.

GORETE SE LEVANTA E VAI ATÉ A CÂMERA.

GORETE   Volte, Gípion, volte! Volte!

LIMA   Gorete... se acalme.

GORETE   Eu sei que você me ama. Eu sei. Nossa experiência foi muito profunda. Volte, Gípion!

LIMA SE LEVANTA E USA DE ALGUMA ENERGIA PARA INTERROMPER GORETE.

LIMA   Por favor, senhorita Gorete! Por favor! Sente-se!!!

GORETE SE VOLTA LENTAMENTE PARA O SOFÁ E SENTA-SE, CHORANDO.

LIMA
Nosso programa já não tem público na Terra, que dirá em outra galáxia! Gorete, desculpe dizer, mas acho que você foi iludida. Vai ver, seu querido alienígena mora aí mesmo em Diadema.

GORETE LEVANTA FURIOSAMENTE O ROSTO, QUE ESTAVA ESCONDIDO ENTRE AS MÃOS, TODO MOLHADO PELAS LÁGRIMAS.

GORETE
Mentira! Não fale assim! Não suje uma coisa linda!

LIMA
Não é isso. É que às vezes a gente tem que encarar os fatos... ver a...

GORETE
Cala a boca!

LIMA
Sim.

GORETE VASCULHA NERVOSAMENTE A SUA BOLSA, DEIXANDO CAIR MUITAS COISAS NO CHÃO, QUE VAI CATANDO COM AS MÃOS TRÊMULAS.

LIMA
O que a senhorita está procurando?

GORETE
O senhor vai ver.

GORETE ENCONTRA UM PEQUENO REVÓLVER DE PLÁSTICO. MOSTRA PARA LIMA.

GORETE
Está vendo? Está vendo isto aqui?

LIMA
O que é isso?

GORETE
Uma pistola de raios paralisadores.

LIMA NÃO CONSEGUE EVITAR UMA GARGALHADA, QUE REPRIME COM MUITO CUSTO. APANHA O REVÓLVER E O ANALISA.

LIMA   Gorete, isto aqui é um revólver de plástico!
GORETE   Não é, não!

GORETE RETOMA O REVÓLVER COM VIOLÊNCIA. VOLTA A FALAR PARA A CÂMERA

GORETE   Volte! Volte, Gípion! Eu não posso viver sem você! Volte!!!

GORETE APONTA A PISTOLA PARA A PRÓPRIA CABEÇA E ACIONA O GATILHO, QUE ACIONA UMA LUZ E UM BARULHO. IMEDIATAMENTE, ELA CAI NO SOFÁ, PARALISADA.

LIMA   Gorete, quer deixar de ser histérica? Por favor, me desculpe se fui grosseiro, mas... Gorete?

LIMA APALPA GORETE. OLHA PARA A CÂMERA.

LIMA   Ela está enrijecida.

LIMA OLHA PARA A PISTOLA.

LIMA   Será que essa geringonça funciona mesmo?

LIMA OLHA PARA O FUNDO DO ESTÚDIO.

LIMA   Luísa, Luísa, a moça congelou. Precisamos tirar ela daqui. Se tivesse alguém assistindo, ia ser maravilhoso. A mulher simplesmente virou uma estátua.

UM CONTRA-REGRA ENTRA EM QUADRO, BOCEJANDO, COM UMA EXPRESSÃO DE MAU HUMOR. COM AS MÃOS NA CINTURA, SOLTA UM SUSPIRO. COÇA A CABEÇA.

LIMA   Quer uma ajuda?

O CONTRA-REGRA RESMUNGA ALGUMA COISA QUE PARECE SER UM "NÃO". ABAIXA-SE E SEGURA GORETE PELA CINTURA. COLOCA-A NAS COSTAS E SAI. LIMA SENTA-SE NO SOFÁ E FALA PARA A CÂMERA.

LIMA   Bem, vamos encerrando mais um Assombros na madru-
             gada. Para falar a verdade, não sei bem o que aconte-
             ceu aqui. Dá para entender a minha situação? Juro, às
             vezes dá vontade de virar um monge trapista. O fato é
             que, a meu ver, essa mulher é doida. Bem, essa é a
             minha opinião. Mas quem sou eu para chamar a outra
             de doida? Logo eu, que estou aqui em plena madruga-
             da falando para ninguém, dirigindo-me a um grande
             vazio eletrônico. Eu, que estou trabalhando no maior
             veículo de massas da história da humanidade e não
             tenho nenhuma audiência. Sou apenas isso: um traço no
             Ibope. Um traço, ausente telespectador, um inútil traço.

VINHETA DE ENCERRAMENTO ASSOMBROS NA MADRUGADA.

REUNIÃO DE PRODUÇÃO

<u>Participantes: Lima, o apresentador; Luísa, produtora; Graça, assistente de produção. Local: edifício da Rede Plus, na alameda Santos, quarto andar, sala 2. Dez horas da manhã.</u>

<u>Lima:</u> Eu já disse que não funciono de manhã. E depois, é desumano. Eu estava apresentando o programa até agora há pouco.

<u>Luísa:</u> Eu só podia neste horário, Lima. Tenho médico do meu filho, hoje.

<u>Lima:</u> Escuta, eu preciso mesmo participar dessas reuniões?

<u>Luísa:</u> Lima... você é o apresentador do programa! Será que não dava para demonstrar algum interesse?

<u>Lima:</u> Eu? E o René, que é o diretor? Ele não aparece nem na hora do programa! Nunca deu as caras! Nunca! Em nenhuma reunião, em nenhum programa, nada...

<u>Graça:</u> Ele disse que esse programa é muito fácil de fazer. Não precisa da presença dele.

<u>Luísa:</u> Mas precisa da minha. Eu é que assumo, no lugar dele. Se um dia eu faltar, quero ver como é que fica.

<u>Lima:</u> Alguém lá de cima sabe que o René nunca apareceu?

<u>Graça:</u> Por quê? Você vai dedar?

<u>Lima:</u> Eu? Não! É só curiosidade.

<u>Luísa:</u> Aquele pessoal lá de cima não está nem aí pra nada. Acho que eles nem sabem que o programa existe.

<u>Graça:</u> E o tal patrocinador misterioso? Eu sei que você sabe quem é, Luísa. Abre o jogo!

<u>Luísa:</u> Eu não sei! Quantas vezes vou precisar te dizer que não sei? Não faço a menor idéia de quem seja esse louco!

<u>Lima:</u> Ouvi dizer que tem um lance, uma jogada por trás...

<u>Luísa:</u> Para mim é trabalho. Só isso. Não é o meu sonho, mas é o que eu tenho no momento. E eu tenho uma filha pra sustentar.

Lima: Eu tenho uma amiga que me disse a mesma coisa. Mas é fogo trabalhar numa coisa com que a gente não tem muito a ver.

Luísa: Pois eu dou graças a Deus que estou empregada. O idiota do meu ex não comparece com a parte dele faz quatro meses. Nem a escola da nossa filha ele paga mais. Está tudo saindo daqui. Vida longa para o Assombros!

Graça: Pois eu adoro isto aqui!

Lima: Para falar a verdade, também estou totalmente dependente disto. O que me deprime um pouco, se você quer saber.

Luísa: Bom, Lima, pra você ficar deprimido não precisa muito.

Graça: É verdade, Liminha, você é superpra-baixo.

Lima: Principalmente às dez da manhã. Depois do almoço, eu começo a melhorar. Lá pelas três da tarde estou jóia.

Graça: Ninguém fala "jóia" há mais de uma década, Liminha.

Lima: Deixa disso. As pessoas ainda falam.

Graça: Muito poucas.

Lima: Isso é bobagem. Eu falo "legal" desde que era criança.

Luísa: Legal é um clássico. Jóia é datado.

Lima: Tem gente que fala.

Luísa: Bem, que tem, tem. Se você quer fazer parte da turma que ainda fala "batuta", fica por sua conta. Mas não no ar, Lima! Outro dia você falou "jóia" no ar. Não pega bem.

Lima: Acho isso uma tirania. Jóia também é um clássico!

Graça: Então está jóia, gente. Vamos acabar logo com esta reunião? Combinei de almoçar com um carinha.

Luísa: Vamos, vamos. Vai ser jogo rápido.

Lima: Escuta, não tem nenhum cafezinho, nenhuma bolachinha? Eu acordei atrasado, não comi nada até agora.

Graça: Que nada. Eles estão regulando até a água do bebedouro.

Luísa: Uns anos atrás, a coisa era outra por aqui...

Lima: Ah! Não vem com esse papo.

Luísa: Verdade. Quando a reunião era de manhã, eles mandavam lanche. E que lanche. Café completo. Tinha até fruta, queijo. Eu recebia flores no meu aniversário.

Lima: Mas o que aconteceu?

Luísa: Economia. Também... com essa inflação de vinte por cento ao mês.

Lima: Que droga.

Luísa: Bom, antes de falar da entrevista, uma questão de ordem. Lima, pelo amor de Deus, quer parar com aqueles comentários ridículos?!

Lima: Que comentários?

Luísa: Deixa de bancar o tonto. Você sabe muito bem do que eu estou falando. Você fica falando coisas que não estão na pauta. Ontem você disse até que queria virar monge trapista!

Lima: E falei de coração.

Luísa: Isso não interessa a ninguém.

Lima: Minha querida... o nosso programa não interessa a ninguém. Tanto faz se eu disser isso ou aquilo.

Luísa: Não importa, Lima. É uma questão de princípios. Você é um profissional ou não é?

Lima: Assim-assim...

Graça: Pois eu acho os comentários do Lima engraçados.

Lima: Viu?

Luísa: E depois, você está a cada dia mais mordaz. A moça ontem caiu no choro por causa das suas observações.

Lima: Nisso você tem a toda razão. Depois eu fico mal. Mas na hora não consigo evitar. E daí... O que aconteceu com a Gorete? Continuou paralisada?

Graça: A gente levou ela num pronto-socorro e aos poucos ela foi melhorando. O médico aplicou uma injeção calmante nela.

Lima: Mas o que ela teve, afinal?

Luísa: Esgotamento nervoso. Deu uma travação geral.

Lima:	Por culpa minha?
Luísa:	Claro que não, Lima. A moça já estava perturbada. Aquela história absurda.
Graça:	Gente... e se for verdade, hein?
Luísa:	Pronto, lá vai a crédula.
Lima:	Eu também achei aquela história dela ridícula. Mas na hora em que ela paralisou, juro que senti um _frisson_.
Graça:	Eu também, eu também. Já pensaram se é verdade a história dela?
Luísa:	Para quem gosta de pensamento mágico.
Graça:	E por que não? Eu gosto de acreditar em algumas coisas...
Luísa:	Como Papai Noel?
Graça:	Isso não. Mas no monstro de Loch Ness eu acredito. E também no abominável homem das neves.
Lima:	Mas a Gorete ficou bem, então?
Graça:	Ficou, Lima, ficou. Pode se acalmar.
Lima:	E o que vai ser hoje?
Graça:	Prepare os ouvidos.
Luísa:	É um senhor, um ascensorista que trabalha no centro da cidade. Ele acha que é uma encarnação da baleia que engoliu Jonas.
Lima:	Você está brincando. Onde vocês arranjam essa gente?
Luísa:	É a Graça. Ela é um trator na rua. Devia ganhar um prêmio.
Graça:	Obrigada, obrigada... meu ego agradece.
Luísa:	É verdade. Sem você, esse programa não existiria.
Graça:	Até que não está sendo tão difícil. No começo eu achei que ia ter muitas dificuldades, mas depois a coisa foi andando. Comecei a perguntar aqui e ali, e estou com a minha agenda cheia.
Lima:	E a gente explorando esses doidos.
Luísa:	Eles vêm porque querem. Ninguém traz ninguém amarrado aqui. Depois, ninguém assiste mesmo.
Lima:	Quem é que gosta de ver gente desconhecida?

Luísa: Bom, Lima, aqui está o material com os dados do senhor Ataúlfo.

Lima: O ascensorista que foi uma baleia?

Luísa: Não começa, Lima...

Lima: Eu não disse nada!

Luísa: Mas pensou. Aqui está a pauta com as perguntas sugeridas. Se você quiser acrescentar alguma coisa, tudo bem. Mas vê se não foge muito, porque a gente quer terminar o programa rápido. A técnica fica furiosa quando você improvisa. É muito tarde, Lima. Todos deveriam estar em casa àquela hora.

Lima: Prometo me comportar.

Luísa: Agora vai com a Graça experimentar o terno novo.

Lima: Jura? Chegou? Até que enfim!

Graça: Vamos, vamos que eu tenho que sair para o almoço.

O solar e o lunar

... a mentalidade moderna, pós-Revolução Industrial, pode ser dividida em dois tipos básicos: o solar e o lunar. Os tipos solares são responsáveis pela vida cotidiana, pelo trabalho diário, sendo metódicos, positivos, organizados, diurnos. Os lunares, ao contrário, são fantasiosos, criativos, noturnos e negativos. Essa negatividade pode adquirir um caráter mórbido ou simplesmente crítico. São rebeldes, anti-qualquer-coisa...

trecho do livro *O solar e o lunar*, de Jacob Sucat

Logo nos primeiros dias da sua vida como novo habitante do edifício Saturno, Lima sentiu a velha sensação de deslocamento. Possuía a vívida impressão de que os outros moradores antipatizavam com ele. Não deu química, como diria Graça. Quando encontrava algum vizinho no elevador, sujeitava-se à análise visual de olhares escrutadores, que recordavam vagamente o modo como o scanner faz a varredura luminosa de um documento.

Pelo jeito, ninguém por ali havia assistido ao *Assombros*. "Tanto melhor", pensava Lima, pois não tinha idéia da reação que

que aquele talk-show inusitado poderia causar nas pessoas. Temia por danos maiores na sua imagem se alguém descobrisse, e agradecia por passar tão tarde. Mesmo assim, não foram poucos os narizes torcidos e os comentários sussurrados que ficavam como um rastro quando ele passava, entrando ou saindo do prédio.

"Por quê?", perguntava-se, sem achar uma resposta conclusiva. Se fosse alguns anos antes, quando se vestia com batas indianas, tinha os cabelos escorridos até os ombros e andava com sandálias de tiras como um pescador nazareno, a reação seria compreensível. Mas agora? Desde que encetara a carreira de apresentador, voltara a andar de terno e mantinha o corte de cabelo rente. O bigode e o leve cavanhaque eram totalmente respeitáveis. De onde vinha aquela desconfiança? Sentia como se tivesse alguma marca.

"Sim, é isso!", refletiu uma noite, antes de sair para o trabalho. "Sou um lunar entre solares!"

O leitor perspicaz deve ter relacionado a reflexão de Lima com a citação do início do capítulo. E com toda a razão. Aquele havia sido um dos inúmeros livros que Lima lera durante a sua estada em Itacolomi da Serra, nos anos em que permanecera trabalhando na comunidade Aquário. Naqueles dias devorava tudo o que lhe caía nas mãos. Principalmente depois que Cinira, a moça atrás da qual se desabalara naquela aventura, dera de cair apaixonada por um sufi escandinavo que, ao partir para Calcutá, a levara a tiracolo. Tempos loucos...

Na comunidade não havia quase nada como entretenimento: nenhum cinema por perto, e televisão era proibido. Acordava com as galinhas e trabalhava nas diversas culturas da terra: raízes, ervas e grãos. À noite conversavam, tocavam instrumentos e depois ele se enfiava no seu canto com algum livro. Chegou a ler três vezes *Os irmãos Karamazov*, de Dostoievski, seu romance predileto.

Lima possuía aquele tipo de mente impressionável por texto impresso, capaz de guardar uma frase ou um conceito durante anos. Por essa razão não teve dúvida em rotular-se como lunar, entre outras coisas porque não conseguia acostumar-se a levantar de madrugada. Sugestionara-se igualmente pela parte em que o ensaísta afirmava que cada mentalidade reconhece a outra intuitivamente e se coloca na defensiva. E também por uma outra noção, vaga, de que uma grande onda de civilização, iniciada no século XVIII, iria iniciar o seu refluxo: quanto mais vago, mais mexia com a sua imaginação.

Quando não havia livro em volta, Lima escrevia. Adquirira o costume de rabiscar suas impressões do dia e das pessoas a sua volta em cadernos espirais, desses escolares, pequenos diários do seu cotidiano. Assim, depois da primeira reunião de condôminos no edifício Saturno, quando sentiu mais do que nunca o fosso que o separava dos vizinhos, deu início a um novo caderno. Batizou-o, um tanto jocosamente, "Diário de Saturno".

DIÁRIO DE SATURNO

Começando mais um Diário. Agora no planeta Saturno. Perdido no espaço. Rota de colisão com meteoros, quer dizer, vizinhos. Quais sejam:

Apartamento 2B, térreo
Moradores: seu Mário e dona Maria.
Ele: é o síndico e não foi com a minha cara. Me olha como se eu fosse suspeito só por ser novo no prédio. Contei uma piada e ele não fez questão nenhuma de rir. Ficou me olhando como se dissesse: "Vai tentando. Não me vendo por uma piadinha". É doido por peixe. E não para comer. Tem sei lá quantos aquários na casa dele. Nunca vi nada parecido. É peixe de todo tipo: comprido, redondo, pintado, listrado. E um barulhinho irritante que os reguladores de temperatura fazem. E as decorações... que capricho: castelinhos de cerâmica, baús com tesouros de pirata, sereias, colunas do tipo grego, vegetação... Parece um império submarino. Lembra a Atlântida versão anos 80. Ainda mais que eles deixam a luz da sala apagada. A iluminação ambiente vem da televisão e da luz azulada dos aquários.

Ela: um doce de criatura. Devia se chamar dona Pacífica. Parece uma planície em dia de sol sem vento. Calma. Pacata. Gorda. Cara bolachuda. Até agora a única pessoa de quem recebi um sorriso por aqui. Me chamou de lado pra se desculpar da mania do marido. Explicou que ele ficou assim depois da aposentadoria. Me deu até uns bolinhos de chuva pra comer.

Apartamento 14
Os fragorosos Fragoso.
É a família mais barulhenta do prédio. Mas vamos por partes:
Papai Fragoso. Cláudio: é vendedor e gosta de falar. De falar, não.

De contar piada. Conta uma atrás da outra. Parece uma metralhadora de piadas. Acho que decora todas. Me pegou no elevador e enfiou três. Ri o mais que pude, apesar de não achar muita graça. Política de boa vizinhança. Mas tem uma aparência muito... não sei como descrever... parece que está sempre tenso. Deve estar sofrendo muita pressão no trabalho. Algo assim.

Mamãe Fragoso. Betinha. Simpática, mas distante. Não tem a menor moral com o filho. Ele faz dela gato e sapato. Ela fala pouco. Quando está com o marido, então, não fala nada. Fica escutando ele contar piadas com um ar cansado de quem já escutou todas um milhão de vezes. Nem se dá ao trabalho de rir. Costuma cutucar o marido sutilmente. Tipo: chega de papo, vamos para casa.

O infante Fragoso. Régis. Um pequeno demônio, hiperativo, com energia capaz de prover uma hidrelétrica em caso de seca prolongada. O que ele apronta pelo prédio... Quem padece é o Gonçalves, nosso zelador.

Outro dia eu estava no shopping e vi o Régis fazer uma cena lamentável. Os pais não quiseram comprar alguma coisa que ele queria e ele chorava, esperneava, babava. Soltava gritos lancinantes. Todo mundo achou que estavam matando a criança. Cláudio e Betinha: pálidos de vergonha. O menino se agarrava na perna do pai, querendo obrigá-lo a voltar para a loja de brinquedos. E os pais, sei lá... nem um petelecozinho de leve. Parece que perderam toda a autoridade sobre o menino.

Ele aperta todos os botões do elevador só para se divertir. E também gosta de tocar a campainha e sair correndo. Faz isso aqui no meu apartamento toda hora. Fui reclamar com a mãe e ela: "Régis... que coisa feia...", com a voz mais mole do mundo. O menino só me olhando, zombeteiro. Acho que ele pegou no meu pé porque sou carne nova no pedaço. Espero que me esqueça daqui a algum tempo.

Ah! Tem também a mãe da Betinha, que mora no apartamento. Mas acho que nunca sai. Não sei nem o nome. E uma empregada, a Salete. Essa eu vejo sempre namorando à noite em frente ao prédio.

Apartamento 74

Zilda e Menelau: meus vizinhos de porta. Não têm filhos. A Zilda lembra o Cláudio Fragoso numa coisa: também é estressada. Tem os nervos fora de controle. Está séria e de repente solta uma risada meio histérica. Depois fica séria de novo. Tem um olhar meio injetado. A impressão é que se você relar nela, ela grita. Os dois discutem muito. Eu sei porque dá pra escutar do meu apartamento. Ele levanta a voz por qualquer coisinha. O negócio pega por lá. O engraçado é o seguinte: do lado de fora ele não parece nem um pouco nervoso. Nem lembra a pessoa que estava gritando lá dentro. Tem um sorriso afável. Simpático. Uma expressão de... bonomia. Tem a cara dessa palavra. Parece aquela coisa do médico e do monstro. Outro dia, enquanto eu estava esperando o elevador, estourou o maior forrobodó lá dentro. Aquela voz terrível do Menelau: você isso, você aquilo. Aí ele saiu e eu fiquei constrangido, pois estava na cara que eu tinha escutado a baixaria. Mas ele nem aí. Ligou o sorriso e parecia outra pessoa. Descemos juntos, conversando, como se nada tivesse acontecido. Coisa esquisita: ele usa óculos com uma armação muito grossa e preta, com lentes que parecem um telescópio. Isso aumenta muito os olhos dele. São uns olhos meio assustados. Dá a impressão de que ele está passando por alguma dificuldade.

Apartamento 86

Coisa Mais Fofa. Essa é a Lidiane. Tem uns... sei lá... oito, nove anos. Parece de porcelana. Loirinha. Linda mesmo. A mãe é fogo. Lílian. Enfiou na cabeça que a filha tem que trabalhar na televisão. Vive levando a menina para fazer teste de comercial. Parece até que já trabalhou num. (Não vi.) Muito metida, a mulher (a mãe). Faz o tipo madame. Daquelas que andam de nariz empinado. Nunca me cumprimentou. E olha que nós já subimos o elevador sozinhos. Só nós dois! Parece que ela acha que está num outro nível social e mora neste prédio por algum lamentável engano que de um momento para o outro vai ser esclarecido. O Gonçalves (o zelador) me disse que ela é separada e tem muita raiva do marido. Está até no meio de um processo litigioso. Meio amarga.

O Gonçalves é que me orienta sobre as pessoas daqui, pois poucos falam comigo. Não é que eu goste de fofoca, mas preciso saber onde estou pisando. Mentira: gosto de fofoca, sim. Todo mundo gosta. É que é chato declarar. Tem muita gente que faz cara de santo mas fica com o ouvido bem esperto.

E pensar que é com esses vizinhos que me dou melhor. A maioria dos outros eu só vejo de relance.

Cheguei do <u>Assombros</u> há duas horas. Sono? Nada. Só de manhãzinha. E o pior: começaram a fazer uma obra imensa ao lado do Saturno. Acho que vai ser um shopping, sei lá. Tem um bate-estaca que é um inferno. O dia todo!! Pam-pam-pam-pam-pam!! Engraçado que estou vendo umas trincas na parede que não tinha notado antes. Será que é por causa dessa bateção?

Não esquecer de comprar fio dental.

Um novo mundo

Times have changed
And we've often rewound the clock...
Anything Goes — Cole Porter

Depois de uns cinco anos servindo a comunidade agrícola Aquário, eis como vamos encontrar Lima: numa tarde quente, sentado num barranco, ouvindo com expressão neutra a explosão sonora das cigarras. Ao mesmo tempo que admirava o sem-fim de terras estendendo-se até o horizonte, sombreadas vagarosamente pelas nuvens, sentia que nada vinha em seguida. Como se seu sangue urbano clamasse por oxigênio, resolveu naquele momento mesmo, num ímpeto, voltar para a cidade.

Os últimos tempos da sua vida comunitária o haviam desencantado um pouco. Chegou a testemunhar um movimento popular surrealista em torno de uma menina santa, que teve um desfecho melancólico. Mas não havia sido isso, ou a febre amarela que apanhara, ou seu assim chamado "temperamento urbanóide", ou qualquer outra coisa específica o que o fizera resolver voltar. Foi mais aquele impulso interno, aquela coisa mal resolvida que dizia sempre, depois de um tempo, que ali também não era o lugar dele, que não era aquilo, no fundo, o que ele queria. O que seria, então? Para resolver essa pergunta vital, sentiu que precisava sair de lá.

Claro que não foi tão fácil assim. Teve uma acirrada discussão com um tal Pita, o líder da comunidade, quando ele afirmou que Lima estava fugindo de si mesmo, ao que este replicou que não, pelo contrário, que estava tentando se encontrar. E como nenhum dos dois arrumou um argumento definitivo, Lima pôs suas coisas numa mala e voltou.

Depois de passar uns cinco anos metido no meio do mato, lendo à luz de lampião, ouvindo grilo e passarinho, chegou num mundo em que as pessoas agora tinham videocassete, forno de microondas e fax. Se ele não tivesse se afastado, toda essa nova parafernália teria sido assimilada aos poucos. Mas é importante que o leitor tenha em mente que para Lima houve uma ruptura, e cada pequena novidade eletrônica tinha para ele o peso de um sinal dos tempos. Alguns já possuíam as primeiras versões do computador caseiro, o que o espantou bastante.

Claro que se tratava de algo maior do que eletrodomésticos. O mundo parecia ter girado nos eixos. No caso do Brasil, o longo período militar estava se encerrando. Não que Lima fosse envolvido politicamente. Para falar a verdade, nunca se interessara muito pelo assunto e se entediava quando os amigos discutiam no bar as novidades da política partidária. Mas, pelo lado do comportamento, definia-se por tudo o que não fosse autoritário, e era pessoa de seguir o fluxo. Assim, chegou a participar com algum entusiasmo dos comícios pelas Diretas-Já, que incendiaram o país na época. E também bateu panelas pelas ruas, no grande panelaço que tomou conta da cidade quando o último general deixou o Planalto.

Entretanto, junto com a época repressiva, encerrava-se paradoxalmente a época do grande desbunde, como se costumava dizer nos anos setenta. A sombra da Aids se alongava pela cidade. Alguns conhecidos de outros tempos tinham morrido, inclusive um colega do Enygma. Culturalmente, havia um clima mais "dark", um não-sei-quê mais agressivo no ar. Talvez fosse o rock nacional que invadira as rádios de vez, acuando um pouco a música popular tão tocada na década anterior. A violência nas letras das músicas e nas ruas aumentara muito. Lima se admirou com a grande proliferação de disque-pizzas e videolocadoras. Era um sinal claro de que as pessoas preferiam um programa mais caseiro.

E o centro da cidade? Que rápida deterioração! Em apenas cinco anos muitos cinemas fecharam e algumas livrarias tornaram-se um misto de papelaria e loja de livros. Dezenas de fliperamas mal-encarados ocupavam espaços antes utilizados por comércios mais prosaicos. A trilha sonora voraz do pac-man invadia as ruas. Isso para não falar numa multidão de sem-teto e meninos de rua que se espalhava de um modo mais aberto sob os viadutos e mesmo pelas calçadas do centro. Em compensação, outros pontos da cidade floresciam, estavam mais prósperos, e novos viadutos davam um visual aerodinâmico à velha paisagem de alguns bairros.

Ele não pôde deixar de notar — com a sensibilidade aguçada do recém-chegado — uma nova ênfase na palavra "carreira" e uma certa animosidade vencedora, coisas que não possuíam tanto peso no seu antigo ambiente, ou que pelo menos eram mais sublimadas. Livros ensinavam como comportar-se para vencer no trabalho, o que o espantou sobremaneira.

E enquanto passeava a pé revisitando velhos signos da sua

juventude, Lima, agora entrando na maturidade, pensava na vida. Imagine só: pouco antes ele ainda estava encostado no barranco ensolarado. Agora caminhava por uma cidade tão conhecida e ao mesmo tempo tão outra. Além disso, na sua volta impetuosa tivera de retornar para a casa dos pais, o que o deprimia. Sentia-se de mãos vazias: enquanto antigos amigos estavam adiantados no que se meteram a fazer na vida, ele, ainda com terra debaixo das unhas, parecia ter ficado estacionado em algum ponto.

E foi numa dessas caminhadas, sentindo-se perdido e confuso, que reencontrou o Fera, antigo amigo do Enygma — aquele que urrava maravilhosamente. Tinha desistido da carreira de ator (costumava dizer com bom humor: "o teatro perdeu um grande canastrão") e agora trabalhava como contador. Mas mantivera os amigos antigos e seu jeito irreverente, de cabelo comprido no estilo roqueiro. A grande maioria de seus clientes era de atores, redatores, diretores, massagistas, gente que precisava agora dar nota fiscal e abrir firma para poder trabalhar. Além disso, colaborava com uma agência de atores.

Depois de pagar um cafezinho para o velho amigo e de colocar a vida pelo menos um pouco em dia, Fera abriu um sorriso franco e disparou:

— Você gostaria de voltar a fazer teatro?

Um telefonema

— Alô?

— Quem é?

— Sou eu...

— Lima?

— É.

— Lima! Você sabe que horas são?

— Eu sei, eu sei, me desculpe...

— Você tinha prometido. São mais de três horas,
  Lima... Daqui a pouco eu tenho de levantar!

— Eu sei, eu sei, me desculpe, Isolda. É só hoje. Eu
  estou meio... agoniado. Precisava falar com alguém.
  Você viu o programa?

— Não, Lima. Me desculpe, mas aqui a gente desliga a
  televisão religiosamente antes da meia-noite.
  O Duda também acorda cedo. Mas por quê?

— Foi um cara lá... um senhor. Ele acha que é a
  reencarnação da baleia que engoliu o Jonas.

— Lima, você andou bebendo?

— Não! Estou a seco hoje. É verdade.

— Mas por que ele acreditaria numa coisa dessas?
  Ele tem alguma prova disso?

— Ele diz que lembra da cena e também porque... ah!
  ele disse... veja só, Isolda... ele disse que toda vez
  que toma água tem a compulsão de esguichar pela
  boca.

— Lima, eu estou começando a ficar em dúvida se esse
  telefonema é real ou se eu estou sonhando.

— Posso garantir que é real.

— E o que você fez?

— Ah, teve uma hora lá que eu perdi a paciência. Comecei a chamar o cara à realidade.

— E ele?

— Ele ficou furioso. Saltou em cima de mim!

— No ar?

— No ar. Veio dando pontapé. Se eu não sou ágil, estava internado com fraturas múltiplas agora. A sorte também é que o nosso contra-regra é um armário e levou o cara para fora. Fiquei muito deprimido.

— Tudo bem, Lima. Pensa que é um trabalho.

— Você está certa, Isolda... é isso aí. É sempre bom falar com você.

— Lima, sério, eu estou precisando dormir.

— Claro, claro, eu já estou melhor. Boa noite. Considere-me um sonho.

O comercial e a vanguarda

A participação de Lima no espetáculo *Um mordomo do barulho* era bem pequena. A peça, planejada para dois atos, sofrera cortes drásticos porque o produtor não queria que ela ultrapassasse duas horas de duração. Acabaram por fazer tudo em apenas um ato e conseguiram chegar a uma hora e cinqüenta minutos. A verdade é que as pessoas — Lima notou isso com curiosidade — estavam com menos paciência. Ninguém mais agüentava um espetáculo muito comprido, e até clássicos da dramaturgia universal eram editados segundo o formato da nova ansiedade. Passou a ser normal ouvir-se, até em círculos bem informados, o seguinte comentário levemente depreciativo a respeito de algum espetáculo: "É bom, mas é muuuito longo."

Alguns culpavam a televisão, como sempre. Principalmente porque naquele momento a estética do clipe musical havia invadido as telinhas. As coisas estavam cada vez mais clipadas, ou seja, editadas de modo rápido, com variações de segundo a segundo, como se só assim pudessem captar o interesse constante do observador. De modo que pareceu a Lima que era uma tendência dos tempos. Mas o fato de a peça em que ele atuava estar bem mais curta não lhe desagradava, antes pelo contrário. Em primeiro lugar, porque era apenas uma peça engraçada e digestiva e os cortes, afinal, não sangravam nenhuma obra-prima: o tipo da encenação feita para aproveitar um momento de sucesso de alguns atores numa novela de televisão. E depois, como ele aparecia pouco — apenas na cena final —, a espera era menor.

Lima interpretava um inspetor que chegava no fim do espetáculo e ficava às voltas com um pseudocadáver, sendo ludibriado habilmente pelo mordomo do título. Ele nem precisava se preocupar em fazer graça, pois a situação em si já levava o público ao riso, e o ator que fazia o papel-título sabia como provocar gargalhadas. A atuação do mordomo era recheada de pequenos cacos, improvisos que ele inventava a cada noite. Alguns eram fixos: sempre tinha a hora em que ele fingia um branco, ou seja, esquecia as falas de propósito, o que provocava muita hilaridade no público, que se sentia de algum modo cúmplice do esquecimento.

Uma coisa de que Lima gostava — e que tinha bastante tempo para fazer — era apreciar a reação da platéia através de um pequeno buraco na tapadeira. Achava fascinante ver as expressões do público acompanhando com interesse a ação do palco para, de repente, explodir num uníssono de gargalhada. Apreciava a capacidade dos atores principais de controlar o tempo de cada fala de modo preciso para arrancar a risada. Era uma arte difícil e que exigia muita experiência de palco.

Entretanto, aprendeu logo que o mordomo também era muito ciumento do seu pequeno império cênico. Isso porque um dia Lima teve a idéia de colocar também um pequeno caco, que, apesar de conseguir uma boa resposta do público, entrou em cima de um tempo que o mordomo dava e que causava muitos risos. Assim, o mordomo viu perdidas algumas risadas certas. O ator ficou de cara feia depois do espetáculo, mas Lima, muito feliz pelo sucesso do seu achado, não atinou que era com ele. No dia seguinte, o diretor do espetáculo remarcou a cena e limou o caco do Lima, que, por sua vez, entendeu o recado e se ateve, a partir daí, às suas falas.

Lima apreciava bastante o final do espetáculo, quando o elenco todo entrava para agradecer. Era bom escutar a cascata de aplausos da platéia, satisfeita por ter gasto bem o seu dinheiro. Quando o elenco todo estava reunido, embora fosse visível que os olhares de admiração da platéia recaíssem sobre o mordomo, ele sentia que tomava parte naquele momento de brilho, de êxito pleno, e possuía a aguçada percepção de que poucas experiências poderiam gratificar tanto um ego humano quanto os aplausos depois de um espetáculo.

Mas enquanto se trocava nos camarins, o brilho de segunda mão tornava-se mais evidente, pois se os camarins dos atores principais eram uma festa de visitas e risadas, ele e mais outro ator que também fazia um papel secundário viam-se à sombra daquela esfuziante visitação. Vez ou outra um velho conhecido aparecia para uma saudação entusiasmada, ou então alguém que já tinha cumprimentado os atores principais enfiava a cara no camarim de Lima e acenava com um polido: "Parabéns! Belo trabalho!", que Lima agradecia com um sorriso educado, ciente do seu papel na ordem das coisas.

Certo, um ego, por mais maduro que seja, sempre se ressente desse tipo de situação, pois a vida do ego nada mais é do que a eterna comparação — e a comparação imediata, com quem está ao lado. Entretanto, Lima, com todas as suas inconsistências, possuía um sentido razoável de proporção. Assim, se retornava para casa toda noite insatisfeito não era tanto por não receber uma maior parcela na hora da ovação, mas por ainda não se sentir "em casa". Por se sentir fora de lugar. Possuía um sentido da sua unicidade, de algo apenas seu, mas que não sabia exatamente o que era, ou como expressá-lo. Talvez não possuísse as ferramentas necessárias. Ou talvez fosse apenas uma ilusão.

Foi então que teve uma grande surpresa. Certa noite, no momento em que estava acabando de se trocar, ouviu um uivo na porta do camarim. Virou-se, assustado. Um rosto sorridente lhe disse:

— Então o coiote voltou para a cidade!!

Era o Tutti, o diretor do grupo Enygma, que Lima não via desde os distantes anos setenta. Seu rosto imediatamente corou. Muitas coisas se encavalaram no gargalo do seu cérebro naquele momento em que a curva do tempo fez um súbito movimento de retorno. A presença do amigo parecia tornar a peça miserável, e seu papel ridículo.

— Pois é... — Lima respondeu, sem nada responder, e os dois trocaram um abraço correspondente aos anos de afastamento. Depois foram jantar, e quando Lima terminou de fazer todas as justificativas sobre o papel e a peça, Tutti, para sua surpresa, convidou-o a integrar seu novo projeto: *O sopro das Musas*.

E Lima, num ímpeto, aceitou.

Proposta de montagem

Peça: <u>O SOPRO DAS MUSAS</u>
Autoria: Felipe Tutti Neto
Direção: Felipe Tutti Neto
Concepção Visual: Felipe Tutti Neto
Produção: Grupo Enygma e Cooperativa Paulista de Teatro
Elenco:
As Musas: Graziella Tutti Neto
O Crítico: Mauro Bernardin
O Poeta: Cristiano Souza
O Corcunda: Luís Lima Vidigal

Em vista da abertura das verbas da Secretaria de Estado da Cultura para montagens experimentais, o grupo Enygma apresenta a seguinte proposta.

O SOPRO DAS MUSAS

"Foole saide my muse to mee, look in thy heart and write"
Sidney

O espetáculo O *sopro das Musas* se propõe a ser uma celebração do ato da criação artística e seu mistério. Considerando que a linguagem poética em geral é de uma natureza totalmente diferente do discurso lógico, fica sempre no ar a pergunta: no que consiste exatamente essa particularidade? Como brotam as idéias? De onde vêm? Por que nem sempre são acessíveis? Por que algumas idéias tocam fundo? O *sopro das Musas* trata dessas questões. É um espetáculo sobre o fazer artístico, dentro da perspectiva dos arquétipos de Jung, principalmente da figura da *anima*.

A peça não tem um texto pré-fabricado mas um roteiro, em cima do qual os atores irão desenvolver suas performances, a partir de laboratórios e improvisações:

1 — O Poeta e a crise de criação

2 — A primeira Musa: A Rainha da Noite (*A Flauta Mágica*) introduz o poeta no mistério do inconsciente

3 — A segunda Musa: *Carmen* — a descida ao inferno

4 — A terceira Musa: Beatriz (*Divina Comédia*) — a subida ao paraíso

5 — O encontro com a criação.

Além do Poeta e das Musas, existem mais dois Personagens. O Crítico, que representa a consciência crítica e no fim estará sempre segurando o poeta por uma corda, quando ele estiver se perdendo na escuridão inconsciente, para garantir o seu retorno seguro. Por fim haverá a figura do Corcunda, que receberá os espectadores, introduzi-los-á ao espaço cênico e será uma espécie de anfitrião. Ele representa exatamente o elemento imponderável, pois não existe nenhum simbolismo claro ligado a sua figura.

Tempo estimado de ensaio: seis meses.
Custo estimado da montagem: 300 mil cruzados.
Qualquer contato pode ser feito com Felipe Tutti Neto.
Tel.: 62-7111
(segue anexo currículo do grupo e dos atores)

O sopro das Musas

Lima ficou tão entusiasmado com a proposta do velho amigo que em pouco tempo já havia pedido substituição na montagem *Um mordomo do barulho*. Contradizendo o que foi dito um pouco atrás, havia, sim, um público ávido por novidades estéticas, com paciência para assistir um espetáculo mais arrastado, desde que os cadernos culturais o convencessem de que era um evento central da cultura contemporânea — e o segredo aqui, sem dúvida, era a expressão "contemporânea". Havia uma demanda por um tipo de artista "instigante", mescla de rebelde e pop star: o novo herói pós-moderno.

Algumas pessoas descreviam Tutti com a detestável expressão "bola da vez". Sem dúvida ele possuía a virtude da coerência. O grupo Enygma mantivera seu trabalho experimental durante todos aqueles anos em que Lima estivera roçando a terra. Lima admirava a retidão de Tutti com o mesmo espanto de uma nuvem admirando um rochedo: ainda fazia as mesmas coisas, ainda dava suas aulinhas para sobreviver, ainda estava casado com a Graziella, que ainda era a atriz principal de todas as suas peças. Além disso, continuava cercado da mesma *entourage*, aquele grupo de pessoas que gravitavam eternamente ao seu redor.

Quando a verba saiu, todos ficaram eufóricos. Houve mesmo uma efusão nostálgica, um relembrar os antigos tempos, com muitas risadas, muitas narrativas de velhas passagens. Mas aquela lei severa que não deixa nunca as coisas se repetirem exatamente como foram logo se impôs. E Lima foi sendo envenenado por uma irritação silenciosa com aqueles laboratórios estafantes. Era pesado: duas horas diárias de preparação corporal, seguida de preparação vocal, aquecimento, isso tudo antes de começar o ensaio. Sem falar no psicólogo junguiano, que ministrava longas palestras todos os dias, explicando aos atores os rudimentos dos conceitos de arquétipo, *anima, self* etc.

Os laboratórios eram esotéricos ao extremo. Lima tinha de atravessar o palco de um modo tal que não andasse por si mesmo, mas fosse "empurrado" pelo espaço circundante. Era uma sutileza que ele não conseguia captar, e por mais que se esforçasse sempre vinha aquela voz do Tutti lá do fundo das cadeiras do teatro, o rosto semi-oculto pela penumbra: "Não, Lima, você está andando por você mesmo, sinta o espaço em volta, o espaço é que precisa carregar seus passos!". Tutti também mudara: estava mais impaciente. Depois de várias tentativas frustradas de Lima em ser "carregado" pelo espaço, Tutti subiu até o palco, pôs a mão no pescoço do renitente e arremessou-o de tal forma que Lima foi dar com a cara numa tapadeira. Levantou-se muitíssimo irritado e estava pensando se ia socar o rosto ou chutar o escroto do amigo quando Tutti, num sorriso luminoso, gritou: "Segura!". Era para segurar aquele ódio. "Maravilha, Lima! Segura isso." Lima, desarmado pelo elogio, procurou manter aquela aparência ferina, agora mais externa que interna, pois Tutti chamava o resto do elenco para admirá-la. "Parabéns, Liminha, hoje você descobriu o Corcunda. Eu quero esse rancor, essa raiva do mundo. Você é o aleijão, o órfão do Destino!"

A partir daí, o personagem do Corcunda foi ganhando contornos cada vez mais rigorosos: Lima tinha que andar curvado quase até o chão, numa posição muito incômoda. Além disso, Tutti inventou que, além de corcunda, ele seria manco. Mandou fazer para ele um par de botas com um desnível no salto de tal forma que ajudava a produzir o efeito de mancar, mas era muito dolorido. Uma corcunda falsa, de um material resistente, obrigava Lima a ficar com a espinha dobrada, mesmo que não quisesse. Para completar, Tutti exigia que as expressões faciais de Lima fossem acentuadas e distorcidas, expressionistas ao extremo: a boca repuxada, os olhos injetados, as narinas abertas e, cúmulo da sutileza, que o ator sentisse até sua orelha mexer, embora não conseguisse produzir o efeito físico. E tudo isso sempre com o subtexto vago de que ele representava o elemento de imponderabilidade.

Lima chegava em casa à noite exausto, desanimado, e pensou em desistir do projeto. Perguntava-se por que Tutti o havia escolhido para fazer o Corcunda, e indagava se não existia nessa escolha um quê de crueldade. Pois além de ser o papel mais extenuante, era também o menos importante para a encenação, quase um cenotécnico de luxo. A ele caberia introduzir o público de um modo hostil, depois acender mais de sessenta velas dispostas circularmente, desenhando o espaço dentro do qual se desenrolariam as cenas. Durante a peça ele iria projetar um filme sobre os atores, retirar material de cena, trazer outros, ligar a *smokey mary* — a maquininha de produzir a fumaça que envolvia a cena o tempo todo. E, ao final da perfomance, sua era a função de, ritualmente, apagar uma a uma todas as velas. Além do cansaço físico, sentia também um cansaço de outra ordem, que não sabia explicar muito bem.

Foi durante essa época que Lima reencontrou Isolda. Aconteceu num shopping. A cidade estava vivendo o início da grande proliferação de shoppings. Ainda com a sensibilidade telúrica aguçada pelos anos passados no interior, Lima não cessava de olhar com espanto e fascínio aquele cenário tão oposto, aquele mundo artificial, auto-suficiente, sem poeira, tinindo de brilhante. Numa dessas visitas esbarrou com Isolda, que comprava umas camisas para o Duda, agora seu marido. Lima impressionou-se: possuía nostalgia da solidez.

Mataram a saudade dos velhos tempos comendo fast-food na praça de alimentação excessivamente decorada. Isolda não acreditou que, depois de tantos anos, Lima ainda estivesse envolvido com Tutti, o que o deixou embaraçado, com uma sensação pesada de estar marcando passo. Despediram-se com um abraço afetuoso e trocaram telefones. Depois disso não mais se viram, mantendo um contato estritamente telefônico. Lima saiu do shopping com a firme determinação de abandonar a peça. Mas não teve coragem.

A peça estreou depois de longos oito meses de ensaio, porque Tutti aguardava um espaço ideal, numa antiga fábrica que estava sendo desativada. Na estréia, o espaço ficou lotado e houve muita excitação. Lima conseguiu fazer o seu papel com o maior rigor possível: caminhava pela cena com o rosto quase ao nível do chão, as costas curvadas, o rosto retorcido. Sentiu-se constrangido, entretanto, quando, ao introduzir o público, deu de cara com seus pais, que olharam apalermados para sua face repuxada numa cólera profunda e não conseguiram entender o porquê da sua raiva. A bem da verdade não entenderam coisa alguma do que se passou naquele espaço.

Lima também não se sentia bem quando, em outras sessões,

vinha algum conhecido seu. Na verdade, estava infeliz com a peça. A expectativa de que a mídia comprasse o espetáculo não se efetivou. Pelo contrário, um jornal muito influente publicou uma crítica pesada que dizia, entre outras coisas, que a pretensão da peça não era sustentada pelo jogo cênico. Afirmava mesmo que o resultado era pífio. Tutti teve uma crise e não apareceu por uma semana. O público começou a declinar. Algumas vezes parecia que não ia chegar ninguém para assistir, mas o pior era que acabava chegando um quórum mínimo, o suficiente para o elenco encenar a peça fatigante diante de uma minúscula assistência. Nem mesmo outras críticas mais positivas, uma delas até bem elogiosa, conseguiram trazer muito mais gente.

O ápice para Lima aconteceu numa noite de sábado, coroada por um grande público. Ao final do espetáculo, no momento em que o Corcunda, arquejante, apagava vela por vela até submergir o espaço numa escuridão profunda, ocorreu um pequeno desastre. A maquininha de produzir fumaça engripou e começou a espirrar álcool nos sapatos de Lima, sem que ele percebesse. Quando estava na metade do trajeto circular de apagar as velas, notou surpreso que os outros atores o fitavam com uma expressão aterrorizada, absolutamente fora da marcação. Achando que alguma coisa estava errada no cenário, virou-se para trás. Nada incomum. Subitamente, sentiu um calor. Olhou para baixo e viu seus sapatos se incendiando: porque uma das velas reagira com o combustível! Foi tomado por um pavor súbito e começou a sapatear com uma agilidade tão incrível quanto esquisita, pois contrastava visivelmente com os movimentos lentos da peça.

Mas não conseguiu apagar o fogo daquela maneira. Pelo contrário, as labaredas começaram a subir pelo panejamento da roupa e em pouco tempo ele era uma figura flamejante correndo pelo palco à procura de algo com que debelar seu incêndio.

O Poeta e o Crítico ficaram estatelados, sem saber o que fazer, vendo o fim do espetáculo desmoronar inexoravelmente. A Musa foi a única que teve a presença de espírito de sair correndo até a coxia, apanhar um extintor de incêndio e aplicar um jato de espuma branca sobre o Corcunda, até ele ficar parecendo um boneco de neve. O mais extraordinário de tudo é que o público assistiu impassível à pirotecnia, julgando possivelmente que aquilo também fazia parte do espetáculo. Depois, todos os atores foram apagando as velas. E como a platéia ainda permanecesse silenciosa, aguardando qualquer coisa, o Crítico falou, sem disfarçar o constrangimento: "Acabou". Ouviram-se alguns aplausos perplexos.

Enquanto estava na farmácia, comprando uma pomada para aliviar queimaduras, Lima pensou em desistir da peça, mas não queria chatear Tutti. Não foi necessário. Na semana seguinte, depois de uma carreira de cinco meses, a temporada de O sopro das Musas chegou ao fim por falta de público. Mas todo aquele esforço não foi tão infrutífero, pois no final do mesmo ano Tutti ganhou, a despeito de todos os percalços, um prêmio de melhor direção. Quanto a Lima, bem... estava uma vez mais na estaca zero.

DIÁRIO DE SATURNO

Daqui a pouco vou pro estúdio. Mais um <u>Assombros</u>. Todo mundo se preparando para dormir e eu trocadinho para ir trabalhar. O pior é que agora estou morto de sono. Mas quando eu volto fico aceso. A Graça me disse que hoje vai lá uma fada. Ainda bem que ninguém assiste esse programa.

E a dona Lílian, a mãe da Lidiane, a Coisa Mais Fofa? Que mulher intratável. Hoje eu fui falar com o seu Mário, o síndico, sobre as rachaduras e ela estava lá conversando com a dona Maria. Mais uma vez, não me cumprimentou. Nem olhou na minha cara. Não que eu sonhe ser cumprimentado por ela. Mas tenha dó! Um mínimo de civilidade é necessário. Moramos no mesmo prédio. Pegamos elevador juntos. O pior é que está educando a filha no mesmo caminho. A Coisa Mais Fofa também anda olhando para a frente, como se fosse cercada por abismos. A impressão é que já é famosa. Acho que entendo o raciocínio por trás de tanta pose: é necessário se portar como famoso, mesmo não sendo. Talvez assim os outros se convençam.

Pobre Lidiane. A mãe produz a filha. Só roupa de moda. E pelo que eu peguei da conversa, a menina não passou num teste para um comercial. Dona Lílian estava revoltadíssima. Deve achar um absurdo o mundo não se render aos encantos da sua querida.

Pelo menos a Lidiane é educada. O que é certo, é certo. Já o Régis, o pequeno demônio dos Fragoso, continua me infernizando com seu temperamento <u>serial kid</u>. Desenhou uma caveirinha na minha porta. Disse que não foi ele. Mas eu sei que foi. Não consegui limpar direito. Foi feita com uma caneta e ficou uma sombrinha. Quando cruzo com ele e com os pais, o Régis fica me encarando com um sorrisinho. Sabe que tem as costas quentes. Não sei o que fazer. Se eu começar a implicar, ele vai redobrar suas brincadeiras de mau gosto. Ao mesmo tempo, o meu silêncio tampouco o comove ou o demove de suas intenções contraventoras. Paciência. É a vida em comunidade.

Fiquei com dó da dona Maria. Enquanto nós estávamos lá comendo seus bolinhos de chuva, o seu Mário chegou... com um aquário novo! Bem maior do que os outros. Percebi o olhar preocupado da pobre mulher. Aposto que ela não tem coragem de discutir com ele sobre os peixes. Só disse: "Mais um, querido?", com uma voz cansada, cansada. E o seu Mário fez um gesto afirmativo e vitorioso. E ele estava tão animado instalando a nova peça do seu Museu do Mar... Colocou sobre uma prateleira. Tem só um peixe escuro que fica escondido na vegetação e às vezes chega até o vidro, como se estivesse espantado com aquela sala e com as nossas presenças.

Hora de se mandar. Vamos ver a tal fada...

VINHETA DE ABERTURA <u>ASSOMBROS NA MADRUGADA</u> — 00:15'
ENTREVISTA — CENÁRIO LIMA

CÂMERA ABRE DETALHANDO LIMA. MÚSICA CAI.

LIMA	Boa noite para todos. Estamos iniciando mais um <u>Assombros na madrugada</u>, um oferecimento do nosso patrocinador misterioso. E hoje eu pretendo ser breve, mesmo porque vem chumbo grosso. Nesta madrugada fria e desolada temos aqui em nossos estúdios a presença de uma fada. Isso mesmo, amigo telespectador, uma fada, vejam vocês. Que entre então a senhorita Clarice, fada madrinha e telefonista.

ENTRA CLARICE, COM UMA CERTA DIFICULDADE, POR SER GORDA. LIMA TEM DE ABRIR BASTANTE ESPAÇO PARA ELA NO SOFÁ.

LIMA	Tudo bem, Clarice?
CLARICE	Tudo bem.
LIMA	Clarice... sinceridade: você é mesmo uma fada?
CLARICE	Sou.
LIMA	Fada mesmo, como a fada da Cinderela, dos contos de fadas?
CLARICE	Sim.
LIMA	Eu achava que as fadas eram apenas fantasias infantis. Sem querer ofender.
CLARICE	O que é real? O senhor está aqui apresentando um programa que, pelo que fui informada, ninguém assiste, certo?
LIMA	É a dura realidade.
CLARICE	O senhor, como eu, é mera ilusão. Quem sabe da sua existência?

LIMA	Bem, senhora...
CLARICE	Senhorita.
LIMA	Senhorita Clarice. A senhorita, pelo que eu já pude notar, é articulada, ao contrário de muitos dos nossos convidados.
CLARICE	Obrigada.
LIMA	Mas a sua argumentação, apesar de interessante, em vez de provar a sua existência, apenas negou a minha. E uma vez que, aparentemente, somos duas ilusões, vamos tentar fingir que este programa existe e que estamos aqui agora, certo?
CLARICE	Por mim, tudo bem.
LIMA	Me diga, como posso saber se você é de fato uma fada?
CLARICE	Em primeiro lugar, você tem de acreditar em mim.
LIMA	Você não poderia dar uma prova para que eu acreditasse?
CLARICE	Não funciona assim. Você tem de acreditar primeiro.
LIMA	Mas como eu posso acreditar sem uma prova?
CLARICE	Quando você precisa de uma prova você já perdeu a capacidade de acreditar. Aí não adianta mais.
LIMA	Recapitulando. Se eu acreditar em você, você me dará uma prova de que é uma fada?
CLARICE	Não. Se você acreditar em mim, não precisará de prova nenhuma. Para que provar uma coisa na qual você já acredita?
LIMA	Mas como eu vou saber que você é uma fada, santa miséria?
CLARICE	Já disse. Abandonando seu ceticismo, acreditando em mim.
LIMA	Mas como o público vai saber?
CLARICE	Não existe público, o senhor mesmo disse. E depois não use essa desculpa esfarrapada do público. Assuma o seu ceticismo.

LIMA	Sem problema. Eu não acredito que você, Clarice, seja uma fada.
CLARICE	Mas eu sou.
LIMA	Desde quando?
CLARICE	Mais ou menos cinco mil anos.
LIMA	Humm... currículo extenso...
CLARICE	Percebi muito bem o tom de ironia. Mas eu tenho realmente uma folha muito grande de serviços prestados. Acredite se quiser.
LIMA	Bem, se você diz... eu acredito.
CLARICE	Estamos começando a nos entender.
LIMA	Mas escute, Clarice... Desculpe o mau jeito, mas eu tenho de perguntar... Você não é um tanto corpórea para uma fada? Sempre pensei nelas diáfanas e principalmente... magras.
CLARICE	Agora você tocou no meu ponto fraco.
LIMA	Então as fadas têm um?
CLARICE	Todos os seres criados têm.
LIMA	Esclareça melhor...
CLARICE	De umas décadas para cá eu comecei a perder meus poderes mágicos. Começou com a perda do poder telepático, o que sem dúvida me isolou um bocado. Fiquei sem me comunicar com minhas semelhantes. Depois foram os poderes propriamente ditos. Hoje não consigo nem mais desaparecer.
LIMA	Interessante. E o que levou a senhorita a chegar a esse ponto?
CLARICE	As grandes correntes mágicas foram perdendo o seu vigor natural, a energia encantatória foi desaparecendo aos poucos.
LIMA	Energia encantatória... sei...
CLARICE	Só o que sobrou foi minha bela voz.

LIMA	De fato, a senhorita possui uma voz muito bonita.
CLARICE	Graças a ela consegui o emprego de telefonista. E assim vou ganhando a vida.
LIMA	Não é meio... sei lá, deprimente... ter perdido seus poderes?
CLARICE	Ah, sim... a perda dos poderes mágicos resultou numa profunda carência afetiva, o senhor sabe...
LIMA	Sei, sei, canalizou tudo para os doces.
CLARICE	Com certeza. É como se fosse uma compensação, sabe? A perda da magia é tão terrível que você precisa preencher com alguma coisa. Ainda bem que eu não fui para o álcool, as drogas...
LIMA	Mas açúcar demais não é bom, tampouco...
CLARICE	Cada célula do meu corpo sabe disso, mas é mais forte do que eu. Eu tenho essa compulsão...
LIMA	Já tentou fazer alguma dieta?
CLARICE	Várias! Mas não consigo. Chega um momento em que me dá um cinco minutos e eu ataco minha geladeira, ou entro numa doceria. E quanto mais eu me privo, mais preciso compensar depois.
LIMA	Sei. Boca nervosa...
CLARICE	É. Não se trata de fome, senhor Lima. É que... quando não estou mastigando fico triste.
LIMA	Bem, de forma que, uma vez que a senhorita perdeu os seus poderes, nem que quisesse poderia me provar alguma coisa, não é mesmo?
CLARICE	E mesmo se pudesse, não provaria nada, a não ser que o senhor, como eu disse antes, acreditasse em mim. Mas como o senhor pode acreditar, se o senhor não acredita no senhor mesmo?
LIMA	Tudo bem, senhorita Clarice, vamos dizer que eu acredito que a senhorita seja realmente uma fada?

CLARICE	"Vamos dizer"?
LIMA	Está bem. Eu acredito que a senhorita é uma fada.
CLARICE	Não estou sentindo firmeza.
LIMA	O que eu posso fazer mais? Eu acredito do fundo do coração que você é uma fada.
CLARICE	Não adianta, senhor Lima, o senhor já perdeu completamente a capacidade de acreditar no que quer que seja. Posso ver no seu olhar que... o senhor acreditou muito, deixou de acreditar, e quando acontece é uma merda... ops.

CLARICE OLHA ENVERGONHADA PARA A CÂMERA.

LIMA	Não se embarace. A câmera é apenas decorativa. Ninguém está nos assistindo. E minha produtora está acenando. Bem, acho que nosso programa de hoje vai terminar aqui mesmo. É isso aí. Hoje nós conhecemos, no <u>Assombros na madrugada</u>, o drama particular de Clarice, telefonista e fada.

VINHETA DE ENCERRAMENTO <u>ASSOMBROS NA MADRUGADA</u> — 00:15'

REUNIÃO DE PRODUÇÃO

Participantes: Lima, o apresentador; Luísa, produtora; Graça, assistente de produção. Local: edifício da Rede Plus, na alameda Santos, sexto andar, sala 19. Dezesseis horas.

Luísa: Lima! Já estamos te esperando há meia hora!

Lima: E eu estou rodando aqui no prédio há meia hora. Não sabia que a gente tinha mudado de sala. Eu me perco nesses corredores.

Graça: Ah, desculpe, esqueci de avisar. Mas hoje você não pode reclamar do horário.

Lima: Hoje está ótimo, querida. Vamos manter sempre assim. Boa, esta sala, hein? Mas por que mudamos de sala?

Luísa: Mudança de status.

Lima: Por quê?

Graça: Olha só lá no canto.

Lima: O que é que tem?

Graça: Não está vendo nada?

Lima: Estou. Uma caixa de papelão. Meio amassada, por sinal.

Graça: Vai ver o que é que tem dentro.

Lima: Deixa de aluguel, Graça. O que é que tem lá?

Graça: Vai ver...

Lima: Ah... quanto mistério... o que essa sua assistente tem hoje, Luísa?

Luísa: O de sempre. Aquele velho otimismo.

Lima: Aqui nesta caixa tem cartas, Graça. Cartas. Algum carteiro esqueceu aqui.

Graça: Cartas para quem? Dá uma olhada.

Lima: Para o... para NÓS?!? De quem?

Graça: De quem? Do público, oras. De quem mais?

Lima: Mas quem disse que nós temos público?

Luísa: A verdade é que, por incrível que pareça, nós temos, Lima.

Graça: Que cara, Lima! Parece que viu assombração.

Lima: Não tem um copo de água aqui?

Luísa: Eu não disse que ele ia reagir assim? Conheço você, Lima. Não vai ficar tomando comprimido agora.

Lima: Tem gente assistindo o programa...

Luísa: Tem.

Lima: Gente de verdade...

Graça: Você queria que fossem fantasmas?

Lima: Com certeza, Graça. Eu preferia, sim.

Luísa: Lima, nós estamos numa televisão. Essa é uma boa noticia. Aliás, essa é a melhor notícia possível.

Lima: Mas como... nós não éramos apenas traço?

Graça: Estamos com dois pontos no Ibope.

Lima: DOIS!?!

Luísa: Deixa de ficar apavorado, Lima.

Lima: Por que logo dois? Por que não um pontinho só?

Graça: E pelo jeito vai continuar crescendo.

Lima: Quando começou essa desgraça?

Luísa: Isso foi o mais irônico de tudo. Sabe que já há algum tempo a gente tem recebido telefonemas?

Lima: Telefonemas?

Luísa: É. Mas a emissora, como não estava nem aí para o programa, não deixava ninguém para atender telefone àquela hora da madrugada.

Lima: No que faziam muito bem.

Luísa: Aí as pessoas começaram a ligar durante o dia. Hoje uma plantonista veio me trazer vários recados telefônicos.

Lima: E o que eles falavam?

Luísa: Tinha de tudo. Gente passando trote, tirando sarro, gente com raiva, xingando o programa. E até gente querendo saber se aquilo era de verdade.

Lima: Eu preciso de um copo de água. Com licença...

Graça: Tem um bebedouro logo aí no corredor.

(Lima sai)

Graça: Bem que você disse, mesmo, Luísa...

Luísa: Não falei? Conheço o Lima. É uma figuraça.

Graça: Nunca vi alguém reagir desse jeito para a popularidade.

Luísa: Ele vem vindo...

(Lima volta)

Lima: Desculpem.

Luísa: Está mais calmo?

Lima: Não. Vocês não percebem o que está acontecendo aqui? Nós estamos sendo assistidos. Essa porcaria que a gente faz tem público. Escuta, o que o René acha disso? Quer dizer, ele sabe que estamos sendo vistos?

Luísa: Que nada! Ele está de férias. Volta só...

Graça: Dia quatro.

Luísa: É... tem uns quinze dias ainda, o folgado.

Lima: Humm... e as cartas? Vocês leram as cartas?

Graça: Essa caixa chegou hoje. Vou levar para casa para ler o que der. Andei dando uma bisoiada e, pelo que vi, acho que o meu trabalho de procurar gente maluca terminou. Agora eles vão chegar até a gente!

Lima: Será que eu peço demissão?

Graça: E o que você vai fazer da vida, homem?

Lima: Vou virar monge trapista.

Luísa: Deixa de ser dodói, Lima. Nada vai mudar. Quer dizer, agora que você sabe que tem gente vendo, vê se manera um pouco. Não judia tanto dos convidados.

Lima:	Eu vou ficar engessado no ar. Vou ficar congelado.
Graça:	Liminha... se as pessoas estão assistindo, é porque estão a fim de. Se não, elas desligam, mudam de canal.
Lima:	Será mesmo? Vocês viram ontem? Aquela maluca daquela fada de araque? Vocês acham que eu tratei ela muito mal?
Luísa:	Mais ou menos. Você chamou ela de gorda, Lima.
Lima:	Uma fada não deveria estar acima desse tipo de vaidade?
Graça:	Não, Lima. Nada que seja feminino no Universo está acima disso. Se uma pedra for feminina e você disser que ela está gorda ela vai ficar ressentida. Embora não diga.
Lima:	Graça, você está ficando com o raciocínio das pessoas que vêm aqui, já notou?
Luísa:	É... deve ter doído, sim, coitada. Ainda bem que ela ontem achava que não tinha ninguém vendo. Se soubesse...
Lima:	Mas foi a melhor parte da entrevista. Porque aquele negócio de ela ser uma fada, francamente...
Graça:	E se ela for?
Luísa:	Graça...
Graça:	Vocês dois são muito céticos.
Luísa:	Fada, Graça?
Graça:	E aquela hora que ela deu uma adivinhada no Lima?
Lima:	Que adivinhada?
Graça:	Quando ela disse que pelos seus olhos você devia ser uma pessoa que já acreditou em muitas coisas e agora não acredita mais. Isso não é verdade?
Luísa:	Com certeza é. Isso ela adivinhou, mesmo. Cravou em cima.
Graça:	Cravou mesmo. E como ela podia ter sacado? Vai ver, a mulher tem alguma paranormalidade. Vocês não acreditam em fenômenos paranormais?
Lima:	Mas não precisa ser paranormal para acertar essa previsão. Esse negócio de acreditar e depois não acreditar mais, isso, queridas, é a vida. De dez ela crava nove.

Tentando entender o Lima

Pertence já ao senso comum tentar compreender uma personalidade como produto do seu tempo. Mas se o tempo é o mesmo para todos, como explicar tamanha diversidade? Por outro lado, se somos todos filhos do nosso tempo, há de haver sempre quem puxe mais pela cara do pai. Digo isso tentando entender o Lima e o momento exato em que ele se tornou o Lima público que todos passaram a conhecer e, dentro do possível, admirar.

Pode ser também que Clarice, a fada telefonista, tenha de fato tido uma clarividência ao proclamar que o apresentador era agora um homem que não conseguia acreditar mais, naqueles breves momentos da madrugada em que sua imagem roliça se materializou na luminosidade das telas de televisão, para depois voltar a recuar para o opaco anonimato de uma existência eventualmente encantada.

O fato é que alguma alquimia interna houve, um movimento de adensamento de certas particularidades que já eram de Lima e se tornaram mais marcantes, como um característico negativismo. E se esse movimento interno se deu, sua ação cer-

83

tamente se iniciou naquele período após o fim da performance *O sopro das Musas*. Foi uma época complicada, daquelas em que as coisas não acontecem, os trabalhos desaparecem de vista. Durante essa fase, Lima tornou-se esquivo e desconfiado, ou pelo menos mais do que já era. Sentia-se mais perdido do que nunca.

O próprio fato de Tutti tê-lo convidado para fazer o Corcunda, "o aleijão do Destino", o deixava cismarento. Seria essa a visão que o amigo tinha dele? Alguém torto na vida? O certo é que nesse período tomou o que ele mesmo batizou de "banho de realidade". Achou que agora via as coisas "como elas eram", e não segundo as fantasias que tinha antes. E não há dúvida de que existe uma espécie de voz comum que dá sempre razão ao mais redutor, àquilo que diz: se é menos, é verdade; se é pior, é real. E foi nessa direção que Lima embicou. Refletia, um tanto amargo, que a lei dos homens, qualquer que fosse, era a demarcação de territórios precisos. E se indagava onde seria o seu.

Adotou de vez o terno como sua roupa de todo dia. E passou a desejar comprar um imóvel, ter um apartamento, alguma coisa sólida, no papel. Não queria ter de voltar à casa paterna a cada maré vazante. Foi então que surgiu uma oportunidade com a qual não contava. Existia agora na cidade a Rede Plus, que controlava vários jornais bem populares, sensacionalistas, e que estava procurando entrar no ramo televisivo. Conseguira já o seu sinal e estava transmitindo havia uns dois anos. Logicamente, era uma emissora modesta, dando seus primeiros passos à sombra da poderosa Rede Globo. Um velho conhecido do Lima, que trabalhara com ele nos primeiros tempos do Enygma e agora era gerente de marketing da Rede Plus, encontrou-o na rua e contou que estavam precisando de um apresentador para o *Jornal da Manhã*, que ia ao ar todo dia às sete horas.

Lima se candidatou ao teste e conseguiu o emprego. O dinheiro era bem razoável e ele sentiu que encontrara algo que poderia fazer bem. Ler as notícias era um trabalho do qual ele gostava e que realizava com alguma desenvoltura. O treino de palco vinha em seu auxílio, e ele possuía uma dose de cultura acima da média, por conta das suas incontáveis leituras.

O que mais agradava Lima em seu novo trabalho era o fato de, apesar da sua imagem estar sendo exibida, sua personalidade permanecer oculta atrás das notícias. Eram elas que realmente importavam. Isso também era conseqüência do adensamento que o seu caráter vinha sofrendo nos últimos tempos. Confuso com a imagem que projetava para os outros, sem saber exatamente quem era, passou a evitar situações que pudessem revelar a imensa desorientação que o assolava. Passou a gostar um tanto da sombra. E estar em foco sem ser desnudado era a situação ideal. Ainda mais que, pelo horário do jornal e pela audiência da emissora, não chegava a ser muito visto. O mais irônico é que enquanto os produtores do jornal balançavam a cabeça negativamente ao ver os números pífios de audiência, ele sorria intimamente de satisfação. Chegava e saía dos estúdios da Rede Plus sem alarde, e sua presença passava praticamente despercebida.

O melhor de tudo foi dar entrada no apartamento, naquele velho prédio, o edifício Saturno. Conseguiu um empréstimo no banco e com o que ganhava poderia pagar tranqüilamente as parcelas mensais. Por isso, levou um grande baque quando, depois de um ano mais ou menos, a Rede Plus extinguiu o *Jornal da Manhã*, substituindo-o por uma programação feminina, apresentada apenas por mulheres. Estava uma vez mais desempregado, e agora com um grande empréstimo para saldar.

Mas no dia em que foi até o Departamento de Pessoal da emissora para dar baixa na carteira de trabalho, um diretor, o René Vilarim, chamou-o até a sua sala e perguntou se ele gostaria de apresentar um programa absurdo que iria ao ar às duas da manhã. Era um projeto experimental, um lance ousado de marketing. Quando soube que o programa teria o formato de um talk-show, a primeira reação de Lima foi desgostosa. Queria prosseguir no jornalismo informativo, ler notícias, simplesmente. Deprimiu-se ainda mais ao tomar conhecimento da proposta do programa: uma versão televisiva do que faziam os jornais sensacionalistas da própria Rede Plus, ampliando fatos e comportamentos estranhos. Lima entrevistaria pessoas banais com atitudes anormais. Tudo isso financiado por um patrocinador que permaneceria em segredo no início.

Foi possuído pelo pavor de ter sua imagem identificada com o mais fétido lixo cultural, com tudo aquilo que aprendera a desprezar desde muito cedo. Seu ânimo chegou ao chão quando René, um homem grande e falante, sempre muito bem-vestido, foi com ele até o cenário. Era simplesmente podre: o sofá suspeito, parecendo resto de liquidação; as plantas falsas; a treliça de madeira pseudodecorativa; os adereços igualmente de mau gosto; tudo resto do resto, tudo socadinho num canto obscuro do estúdio. Todas aquelas coisas lhe pareceram simplesmente o fim da picada, o fim do caminho, a pá final em toda e qualquer imagem, não de grandeza, mas de mínima dignidade que alguém pudesse projetar para si mesmo. Era isso que ele era? A face visível de um programa chamado *Assombros*? *Assombros na madrugada*? Era isso o resultado daquilo que ele estivera buscando — confusamente que fosse — vida afora? Era essa a imagem que ele projetava, a de alguém que podia apresentar assombros? Seria ele um assombro ele mesmo, o porta-voz de desparafusados? E quando, depois de passar algum tempo imerso nessas meditações levantadas pelo cenário, René, batendo nas suas costas, disse afavelmente:

— E aí, querido? É pegar ou largar!

Lima abriu a boca para dizer não, mas pensando no apartamento que tinha acabado de comprar, disse sim.

Um breve telefonema

— Alô?

— Lima... fala que não é você.

— Isolda, eu sei que é tarde... me desculpe mais uma vez...

— Lima...

— Isolda, hoje eu estou meio confuso mesmo...

— O que foi, desta vez, Lima? São... são três e quarenta... e sete minutos, Lima.

— Isolda... Você acredita em Deus?

(ruído de telefone batendo)

— Isolda?

DIÁRIO DE SATURNO

Saturno sempre me pareceu um planeta distinto, com aqueles anéis. Mas este prédio está me saindo um treme-treme. Quer dizer, um treme-treme familiar. A semana foi agitada, por aqui, e o foco da agitação não podia ser outro: os Fragoso.

Capítulo 1: O portento quase se atira da janela.

Terça-feira. Quatro horas da tarde. Eu tinha conseguido pegar no sono, apesar do bate-estaca. Então começou a berraria. Desci para ver o que estava acontecendo. Maior quizumba. O pequeno Régis dependurado na janela do seu apartamento. Lá embaixo a mãe Betinha gritava como uma danada e corria de um lado para o outro com os braços abertos, como se quisesse aparar a queda do filho.

O Gonçalves me pôs a par de tudo: o menino tinha recebido a notícia de que a família não vai mais à Disney este ano. A grana está curta. E se revoltou. Ameaçou se atirar da janela. Fez a coisa de tal modo que acabou trancando a mãe do lado de fora do apartamento. O pai não estava quando tudo aconteceu. Foi chamado do trabalho e chegou furioso. Subiu alucinado, derrubou a porta na base do chute e arrancou o filho da janela. Fechou o tempo. Ainda bem. O menino ficou com tromba o resto da semana. Esperava muito a viagem. Mas também ficou bem-comportado. Deve ter levado uma surra, para variar.

Capítulo 2: A máscara

Sexta-feira. Dezenove horas. Estava preparando alguma coisa para comer. Grande gritaria lá embaixo. Desço para averiguar. Problema com os Fragoso. Uma ambulância estava levando a mãe da Betinha. O comentário é que a velha tinha tido um enfarte. O zunzum ficou por um bom tempo. Quando estava saindo para o programa, vi a mãe da Betinha chegar na ambulância, aparentemente bem-disposta. O Gonçalves me pôs a par de tudo: papai Fragoso, o Cláudio, não é doido só por contar piada. É viciado em brincadeira, pegadinha, essas coisas. Investe pesado em truques de mágica, almofada de pum, vômito de plástico, tudo o que possa pregar peça. É viciado mesmo. A Betinha contou pro Gonçalves que o marido já perdeu amigo por causa de brincadeira.

Bom. Ele veio do trabalho com uma máscara de caveira que comprou de um camelô no centro da cidade. Bem vagabunda, por sinal. E o que ele fez? Pôs a máscara e foi entrando no apartamento bem de mansinho. Estava todo mundo vendo televisão. Daí ele deu um salto gritando: "A caveira!!!". Foi a maior gritaria, claro. Ele disse que fez isso pra aliviar a tensão da semana, aquela história da Disney, coisa e tal. Só que repararam que a mãe da Betinha ficou dura na poltrona. Estatelada. Parecia uma estátua, segurando um pedaço de bolacha cream-cracker. Foi aí que começou a correria. Segundo o Gonçalves, minha fonte fidedigna de tudo o que ocorre naquela bagunça que é o meu prédio, quase aconteceu desquite. A Betinha saiu do sério e disse que não ia mais aturar aquele tipo de coisa do marido, que ele era muito infantil. A mulher surtou bem na entrada do prédio. Aliás, a coisa pegou mal no Saturno todo. É que está havendo uma onda de assaltos aqui na região. Outro dia mesmo, o prédio ao lado do nosso foi assaltado. O zelador foi rendido e virou refém, saiu até no telejornal. (O Gonçalves ficou apavorado.) A rua encheu de carro de polícia. Durante a tarde toda ficou um helicóptero chato tentando localizar fugitivos. (Além do já famoso bate-estaca.) Só sei que todo mundo por aqui está bem paranóico com isso tudo. Ninguém está muito a fim de susto. Como disse a dona Lílian: "Já não basta a gente andar assustada na rua?".

Acho que por isso os Fragoso deram uma sumida. Foram passar o fim de semana na casa de uns parentes, no interior. E o prédio pôde ficar em paz.

Mas a máscara ainda rendeu: no dia seguinte só cheguei em casa de manhãzinha, na hora em que os lixeiros estavam passando. E um deles apanhou a máscara de caveira, que tinha sido jogada no lixo. Pôs ela no rosto e ficou fazendo uma dança macabra no meio da rua, para total hilaridade dos seus colegas de trabalho.

Caixa postal

Caro Lima,

Estou escrevendo porque outra noite (quer dizer, outra madrugada) acabei assistindo o programa *Assombros na madrugada*. Comi uma porção de calabresa que não desceu direito. Nem o sal de frutas adiantou. Aí eu não conseguia dormir e queria ver se ainda pegava a sessão coruja, mas o filme já tinha acabado e estava aquele chiado. Fui mudando de canal e de repente dei de cara com o senhor entrevistando aquele rapaz que tinha decorado a lista telefônica. Por um momento achei que estivesse sonhando. A pergunta que me ocorreu o tempo todo foi: do que exatamente se trata? Desculpe dizer, mas eu nunca tinha visto nada pior na televisão, e olha que comprei meu primeiro aparelho em 1952, um ano depois que a televisão foi instalada no Brasil.

Mas aconteceu uma coisa engraçada. Outra noite eu acordei porque estava apertado para ir ao banheiro e, enquanto me aliviava, pensei: será que aquele cara está entrevistando alguém? Fui ver. Peguei na metade a entrevista com o homem que dizia ter traduzido a linguagem secreta do tatu-bandeira. Eu pergunto: é gozação, ou esses caras falam a sério? Se for, tem muita gente louca no mundo. O pior é que, agora, toda noite me dá uma comichãozinha de ver quem vai aparecer aí. E esse negócio de patrocinador misterioso? O que é isso? Não faz o menor sentido!

Para completar, minha mulher começou a estranhar porque eu acordava toda noite de madrugada e começou a ver o programa. Ela assistiu naquele dia em que a fada gorda foi aí. Até achou que a mulher podia ser fada mesmo. Agora a gente bota o despertador pra dez pras duas. Assistimos o programa, que é curto, tomamos um leitinho, conversamos sobre a entrevista e vamos dormir. Virou um programinha aqui em casa. Não sei dizer se gosto ou não. Simplesmente viciei nessas bobagens que você apresenta aí. Gostaria até de ter alguma coisa maluca para ir aí ser entrevistado, mas sou uma pessoa muito normal. Minha mulher diz que eu podia ir aí falar sobre a minha coleção de conchas. Mas acho que ter mais de cinco mil conchas catalogadas não faz de ninguém um maluco. Ou faz?

Prezado senhor,
Venho assistindo seu programa há alguns dias e tenho aprendido bastante com as entrevistas. Sou uma pessoa humilde. Trabalho como guarda-noturno numa grande empresa. Bota grande nisso. Eu passo a noite toda aqui sozinho. Todas as noites. Por isso é bom assistir o seu programa. Só que às vezes o senhor pega pesado. Quer dizer, vi aquele cara que conversa com tatu-bandeira e discordo daquilo que o senhor disse, que ele é doido. Eu, por exemplo, converso com um rato que aparece aqui toda madrugada. Ele se chama Godofredo. E acha seu programa muito bom, também.

Senhor apresentador Lima,

Vi o seu show. Gostei. Não gosto muito de entrevista, mas achei a sua diferente. O senhor fala como gente comum. Gente como eu. E também achei muito bonito o seu patrocinador não querer aparecer. Isso é uma coisa muito rara, num mundo onde todo mundo quer lucrar, onde uma mão lava a outra, o senhor não concorda? Eu queria aproveitar, sabendo que existe generosidade em seu show, para pedir se o senhor não pode me ajudar a conseguir comprar uma cadeira de rodas para o meu velho. A dele é muito antiga e desconfortável. Seria bom se ele tivesse uma nova, motorizada. Agradeço sua atenção.

Caro Lima,

Tive imensa surpresa ao descobrir seu programa. Minhas noites são muito solitárias e senti em você uma alma gêmea. Também prestei atenção e vi que você não usa aliança. Meu nome é Célia, tenho trinta e sete anos mas aparento trinta e cinco. Tenho certeza de que você vai gostar de mim. Deixo abaixo meu endereço, uma fotografia e aguardo uma resposta. Com esperança.

Ao pessoal do *Assombros*,

Adorei o programa. Acho sensacional a pessoa poder ir aí e falar o que der na veneta. Só tenho uma crítica. O apresentador de vocês é muito mal-educado. Ele chega a insultar as pessoas que vão aí. O que ele tem contra elas? Ele que viva e deixe viver. Eu faria muito melhor no lugar dele. Levo jeito, e aqui no Clube apresento todas as festas. Como eu faço para fazer um teste? Tenho certeza de que vocês vão adorar.

Ao programa *Assombros na madrugada*,

O que eu ganho, escrevendo para vocês? Se tiver algum brinde, mande para o endereço do remetente. Eu coleciono brindes de programas e vocês são o único de que eu ainda não tenho nada.

Caro Lima,

Gostaria de dizer que compartilho do seu desgosto com as pessoas que aí vão. Sinceramente, como pode existir tanta gente desequilibrada no mundo? Gente que pensa que fala com ET, que é fada. Sugiro que você mude as entrevistas. Existem tantas coisas interessantes e úteis para se falar. Por exemplo, o senhor podia fazer uma entrevista com um mineralogista. Os minerais são interessantes, apesar da aparência em contrário. E seria instrutivo também. Sugiro ainda que você aumente o seu programa. É muito curto. Eu tenho insônia e a madrugada é muito longa.

Ilustríssimo Senhor Lima,

Venho por meio desta registrar uma nota de apreço pelo seu formidando programa *Assombros na madrugada*. Que ousadia! Que inventiva! O senhor inova, caro Lima. Estamos fartos das mesmas caras na televisão. O senhor tem a coragem dos desbravadores, daqueles que andam na frente do próprio tempo, carregando o farolete da intrepidez. É de homens assim que necessitamos nos tempos hodiernos. Vivemos uma era de anões. É preciso ter a coragem do visionário para fazer o que o senhor faz. Sei que muitos devem criticá-lo. Sei que deve carregar a pecha de louco, marca registrada do gênio solitário. Minha sogra mesmo, que no demais é excelente mulher, acha que o senhor deve ser um lunático, como todos os desafortunados que entrevista. Não percebe a venerável anciã, perdida na moldura de uma era ultrapassada, que onde vê sandice existe visão original, frescor criativo, talento exacerbado, entusiasmo empreendedor, concepção magistral. (E, se me permite a pequena digressão, tamanha é a resistência da veneranda ao progresso que rejeita até vienatone e dentadura. Se bem que, com o dente que lhe resta, um incisivo superior, ela desbasta uma maçã verde com notável velocidade.) E mesmo ela, que tanto o critica, que chama de lixo, bobagem, besteira, idiotice o seu soberbo programa, mesmo ela, repito, se instala na sua poltrona puída em plena madrugada, com os auriculares bem próximos da televisão e, juntamente comigo, com minha esposa, com nossos filhos, assiste as entrevistas muito atenta. Desejo vida longa ao seu "assombroso" programa, que varre o passado como se o mesmo fosse uma teia de aranha da História!

Ao sinhor Lima,

Por favor, estou nesecitando muto de aucílio. Estou sem trabalio. Noso barraco tombou na inxente de marso. Agora to eu e minha muler e meus treis filo morano debaxo do viaduto Matarazo. Arrumei uns tabique. Fiz uma gambiarra e dá pra ver televisão e ligar geladera. Mais é ruim, seu Lima. Tamos duro. Minha muler fica na esquina da Marquês com meus filios pedindo grana no farol. O que a gente quer é uma casinha, seu Lima. Vê se arruma pra gente. O senhor faria grande aucílio. Deus lhe pague, seu Lima.

LIMA!!!

Você é nome riscado! Você é zero! Eu já tracei seu nome no meu punhal. Porque eu sou Montezuma, o Grande. Eu sou o vingador. Eu sou o que diz, o que faz e o que leva. EU SOU MONTEZUMAAAAAAA!!!!!

DIÁRIO DE SATURNO

Espanto número um: cheguei do estúdio, às três e pouco da madrugada. Gonçalves, o zelador, veio me cumprimentar muito alegrinho para a hora. Estava me esperando o dito-cujo. Pior: tinha assistido o Assombros! Ficou siderado. Não acreditou quando me viu. Perguntou, no maior escândalo: "Por que você não disse que trabalhava na televisão!?". Fiquei tão mal por alguém do prédio me reconhecer que nem sabia o que dizer. Eu ainda não tinha superado o impacto que as cartas me causaram. Tem gente assistindo aquilo!

Espanto número dois: enquanto aguardava o elevador, vi a porta do apartamento do seu Mário, o síndico, abrir e ele me olhar de cima a baixo. De dentro da casa o som borbulhante dos aquários. Dava para ver uns peixinhos vagando naquele mundo sem tempo.

Pensei que ele tinha visto o programa também, mas acho que não, pela reação dele. Ele é metido a vigiar tudo que acontece no prédio e deve passar a madrugada cuidando dos peixes, porque não é a primeira vez que ele me vê chegar tarde. Sempre faz uma cara de quem acha esquisito alguém chegar sempre àquela hora. É um velho meio impertinente e só a dona Maria mesmo para agüentar alguém tão ranzinza. Está sempre reclamando de tudo, dizendo que está tudo uma droga, que gostava mais do tempo dos milicos, que era menos bagunçado e tal e coisa.

Já pensou se ele me vê no Assombros? Aí eu fiquei meio assim não querendo que ninguém mais soubesse do programa. Procurei o Gonçalves e pedi (pedi não, implorei!) pra ele não contar para ninguém. Disse que queria preservar minha privacidade no prédio. Ele achou isso bem esquisito. "Como o senhor é modesto, seu Lima. Se fosse eu, saía berrando pro mundo!" Foi o seu comentário final, e que me fez pensar bastante.

Espanto número três: acordei tarde, achando que ia ter um domingo tranqüilo. Sem Assombros, sem bate-estaca. Mal saí do banho, começou: que cheiro! Vinha lá de fora. Estavam queimando alguma coisa no terreno da obra. Sei lá o que era, mas subia um cheiro infernal. Fora a fumaça. Entrava nas narinas. E então: puuummm!!! Alguma coisa explode no apartamento do Menelau, meu vizinho de parede. Parecia um tiro. Me ocorreu que ele tinha dado um tiro na mulher, quer dizer, claro que não achei que ele tinha atirado mesmo, mas é gozado como essas coisas ocorrem na cabeça da gente, pelo menos como suposição. Depois do tiro, uma barulheira de louça quebrando. Pensei: o pau está comendo. Mas a história era outra. Encontrei o Menelau mais tarde na padaria e ele me narrou em detalhes, com seus olhos enormes e assustados, o que passo a descrever sucintamente e que chamo:

A saga gastronômica de Menelau e Zilda
Ou ainda: De como fracassou o esperado almoço que Menelau ofereceu ao seu chefe, o seu Henri, e sua esposa, dona Zuleide.
Vamos aos fatos:

1. Há anos que o Menelau vem tentando trazer o diretor executivo da firma em que ele trabalha, o seu Henri, para almoçar no apartamento dele. Água mole em pedra dura... Finalmente, conseguiu.

2. Seu Henri e dona Zuleide são "gente fina". Moram num condomínio fechado perto da Giovanni Gronchi. Chegaram de chofer e tudo. O Gonçalves me disse que a tal Zuleide na hora que entrou deu uma medida no Saturno com uma cara meio trágica, tipo: onde é que eu vim amarrar a minha égua?

3. A Zilda resolveu fazer o que, segundo Menelau, deve ser sua "pièce de résistance": frango ao molho pardo. Só que justo hoje veio esse cheiro horroroso que infestou o ambiente. Quem pode saiu para almoçar fora.

4. Bateu o desespero na Zilda e no Menelau. Ele comprou correndo um aerossol para perfumar o ambiente. Encheram a sala com aquilo, na vã esperança de disfarçar o cheiro que se erguia até o nosso andar. O pior: domingo ensolarado, e as cortinas fechadas, por causa da fumaça.

5. No corre-corre, entre atender as visitas ilustres e terminar o famoso frango, a Zilda distraidamente deixou o aerossol no fogão, perto da chama. Deve ter dado alguma reação, e a lata explodiu. (Foi o tiro que eu escutei.) Com o susto, a Zilda deu um salto para trás e derrubou os pratos que estavam sobre a mesa. (Eu pensei que o Menelau tinha atirado na Zilda, e o Menelau na padaria me confessou que achava que a mulher tinha se dado um tiro, de tão tensa que estava com aquele almoço.)

6. As coisas pioram: dona Zuleide tem não sei que alergia da pele. Sua delicada epiderme reage ao contato com a química do aerossol (a Zilda, no auge do desespero, deve ter exagerado e infestou o ambiente). A madame começa a respirar mal. A pele vai ficando vermelha. Resultado: seu Henri pede desculpas, muito constrangido, e diz que vai levar a mulher num pronto-socorro. O Gonçalves me disse depois que quando a dona Zuleide passou pela portaria estava mais empipocada que espiga de milho. Fim do almoço tão esperado, para grande frustração dos meus vizinhos. A aparência do Menelau dava dó. Fiquei imaginando o que estava se passando na cabeça dele: o medo de essa história vazar na firma e ele virar alvo de piada entre os colegas. Mas quando encontrei com ele na padaria, ele me sorriu daquele jeito tranqüilo, como se nada estivesse acontecendo. Em compensação, de noite ouvi os dois discutindo.

Espanto número quatro: Régis, o demoninho, toca a campainha do meu apartamento e não sai correndo. Antes, estica uma folha para eu dar um autógrafo para ele. Os pais tinham assistido o <u>Assombros</u> e contaram para ele que eu trabalhava na televisão. Fiquei arrepiado! Perguntou se na televisão em que eu trabalhava não tinha nenhum concurso para ganhar viagem para a Disney. Eu disse que ia ver. Dei o autógrafo e ele se foi, correndo pelas escadas, dizendo que ia mostrar para todo mundo na escola. Ai, ai, ai...

Agora estou tomando meus comprimidos calmantes, porque me bateu uma crise forte de ansiedade.

REUNIÃO DE PRODUÇÃO

<u>Participantes</u>: Lima, o apresentador; Luísa, produtora; Graça, assistente de produção; René, o diretor. Local: edifício da Rede Plus, na alameda Santos, sexto andar, sala 19. Quinze horas.

<u>Lima</u>:   O René vem mesmo?

<u>Graça</u>:   Que ele está na cidade, está. Se vem...

<u>Luísa</u>:   Vem, sim. Acabou de me confirmar.

<u>Lima</u>:   O que aconteceu? Ele nunca ligou pro programa.

<u>Luísa</u>:   Ah, meu filho... As coisas mudam, quando a audiência sobe. Até "lá em cima" estão comentando.

<u>Graça</u>:   Gente, que maravilha. Suor nosso!

<u>Lima</u>:   Pois eu não gosto nada, nada.

<u>Luísa</u>:   Não gosta do quê, Lima Limão?

<u>Lima</u>:   De tudo. Estava bom como estava.

<u>Graça</u>:   Você odiava fazer o programa.

<u>Lima</u>:   Mas era um ódio tranqüilo. Agora é um ódio agitado. E depois... esse negócio do René vir aqui...

<u>Luísa</u>:   O que é que tem demais?

<u>Lima</u>:   Ele beija a testa da gente.

(as duas riem)

<u>Lima</u>:   É, sim. E depois ele abraça e mete a cabeça da gente no ombro dele. E fica segurando! Que mania.

<u>Graça</u>:   É um jeito dele, Lima. Demonstração de carinho.

<u>Lima</u>:   Carinho? Eu quase fico sufocado. E depois, é ridículo. A gente fica lá sem poder falar direito, com a cabeça metida no terno dele. Acho que ele faz isso porque gosta muito de falar, e assim não deixa que a outra pessoa fale.

<u>Luísa</u>:   Acho que você tem razão nisso. O René adora o som da

pró, voz. E é meio pegajoso mesmo. Eu também não gosto daquele beijo na testa.

Graça: Vocês dois são meio travados pra demonstração de afeto.

Luísa: Bom, gente, o que vocês me dizem das cartas? Não param de chegar!

Lima: Mais? Não veio mais nenhuma daquele tal Montezuma, veio?

Graça: Ah, Lima. Deixa de ser impressionável.

Lima: Ah, é? Eu queria ver se fosse com você. Ele escreveu meu nome no punhal dele.

(as duas riem)

Lima: A gente fica mexendo com esses doidos aí. Depois, sabe-se lá... E aquele cara que mora debaixo do viaduto? Não dá pra fazer nada?

Luísa: Fazer o quê, Lima? Nós somos uma produção modesta.

Lima: Sei lá. Fico mal de pensar que ele espera que eu possa ajudar e fica lá aguardando uma resposta que não vai chegar...

Graça: Lima, você é só um apresentador. Não é Jesus. Depois, se a gente abre pra esse tipo de coisa, isto aqui vira um pátio dos milagres. Sai completamente do nosso formato. Nada a ver...

Luísa: A Graça está certíssima. Se bem que eu também fico mal com isso...

Graça: Bola pra frente. Olha aqui... Não tem nenhuma do Montezuma. Mas tem outro doido na parada.

Lima: Qual? O quê?

Luísa: Graça, vai deixar o Lima apavorado.

Graça: Ele já escreveu duas cartas querendo participar. Parece que tem várias personalidades.

Luísa: Parece bom.

Graça: Não sei, não. Muito esquizo...

Lima: Vetado. Esse aí está vetado. Nem me diz os detalhes, que eu não quero saber.

Luísa: Tudo bem, veta esse. Agora, Lima... Vê se manera. Ontem...

Lima: Luísa... Luísa! Pelo amor de Deus. Aquilo de ontem foi demais. Estava na cara que aquele tal do... do... como era mesmo... amendocrem?

Graça: Almocreves. Ropertus Almocreves.

Lima: Está na cara que foi armação. Você acha que era sério, aquilo?

Graça: O livro que ele publicou é de verdade. Você viu.

Lima: Ele custeou aquela publicação. Contesto Champollion! Onde já se viu?

Luísa: Tem o perfil do nosso programa, Lima.

Lima: Para mim, nem ele acredita naquela baboseira sobre a nova leitura da pedra de Roseta. Ele veio aqui só pra se exibir, o tal amendocrem.

Luísa: Não precisava ter chamado ele de amendocrem no ar.

Graça: O cara ficou uma arara.

Lima: É um nome difícil, o dele. Aposto que é pseudônimo. O cara deve se chamar José Roberto e muda pra Ropertus Almocreves.

(René entra na sala)

René: Gênio... Gênio... Gênio... Gênio absoluto!

Graça: René!

Luísa: A gente estava te esperando.

René: Eu não quero saber de vocês duas. Eu quero saber... dele!

(René envolve Lima num abraço e beija sua testa)

René: Este homem despretensioso, sabe o que ele fez? Ouro de carvão! Pérola da imundície. Eu amo este homem aqui.

Luísa: René, deixa o Lima respirar.

Lima:	Obrigado, Luísa.
Graça:	E nós, René? A gente não fez nada, não?
René:	Claro que fizeram. Estou brincando, meninas. Não precisam ficar enciumadas. O nosso programa é um sucesso. Sucesso total. Estou vindo lá "de cima" e trouxe a nova pesquisa...

(Graça solta um grito)

Luísa:	E?
René:	Dois dígitos!!!

(Graça solta outro grito)

René:	Vocês sabem o que significa isso? Audiência de dois dígitos naquele horário? Nós pegamos um programa miserável e transformamos ele num _must_. Rompemos com as normas do bom senso. Somos gênios! Estamos transformando hábitos! E, o que é melhor: agora se vende também às duas da manhã. Nós desbravamos um território. Nós somos como os desbravadores do oeste, como os bandeirantes, como os astronautas, como os marinheiros portugueses do século xv. Nós estamos no início de alguma coisa grande. Na crista de uma onda gigantesca...
Lima:	Com licença.

(Lima sai)

René:	Aonde é que ele foi?
Luísa:	Foi tomar um calmante. Você deixou ele completamente apavorado.
René:	Estou sabendo. Já andaram me falando que o Lima é meio difícil.
Graça:	Não... até que não.

René: Mas podem deixar. Agora eu assumo. Eu vou levar o Lima no jeito.

Luísa: Eu tenho tentado dar uns toques. Ele às vezes exagera no programa.

René: Não, Luísa! Nada disso. Deixa o homem solto! Deixa ele falar o que vier na veneta. Eu tenho aqui umas pesquisas. Depois eu passo pra você.

Graça: René, e o patrocinador misterioso? As pessoas escrevem perguntando, telefonam, está o maior diz-que-diz-que.

René: Isso é outro assunto. Por enquanto, não posso dizer nada. Não pode vazar.

Luísa: Só pra gente.

René: Não dá. Desculpem. E, em relação ao programa... vamos fazer mudanças. Me deram carta branca. Vamos aumentar o cenário. Vamos aumentar a produção. Vamos detonar!

Luísa: Você devia ter dito isso enquanto o Lima estava aqui.

René: Por quê?

Luísa: Porque quando ele souber vai querer tomar outro calmante...

Graça: Ou então vai querer virar monge trapista.

(os três riem)

Focus group

Consult S. A. / Assessoria Empresarial

De Fabio Vitale
Para Ernesto Vidigal, diretor executivo da Rede Plus

Faremos aqui uma pequena síntese do material coletado (pastas 1 a 8). O programa *ASSOMBROS NA MADRUGADA* tem boa aceitação nas classes A e B, com ênfase no público adulto, numa faixa superior aos 30 anos. Muitos entrevistados consideram o programa interessante pelo inusitado das entrevistas, mas não sabem dizer ao certo se gostam ou não. A grande maioria dos pesquisados não acredita que os convidados do programa sejam sérios, mas se diverte com as loucuras. E quanto mais a situação é inusitada, mais eles gostam.

O que mais impressiona a todos, sem exceção, é a dúvida sobre o patrocinador misterioso. Há uma expectativa de que o patrocinador se revele no decorrer dos programas. Outros, mais impressionáveis, chegam mesmo a formar uma imagem um tanto mística, achando que este não é um programa como outros, que existe um diferencial, algo especial, que o cerca.

Quanto ao apresentador Lima, muito embora alguns o considerem irônico e até mesmo um tanto agressivo, tem a aprovação da grande maioria, que vê na sua atitude franqueza de caráter, honestidade, um modo não hipócrita de se apresentar, sem falsos sorrisos profissionais. De modo geral, o programa tem a aprovação de pelo menos oitenta por cento dos entrevistados, e é bem-aceito por eles. Nas pastas, segue-se o detalhamento da pesquisa, com gráficos.

Secretária eletrônica

(tema musical: McArthur Park*) Oi, aqui é o Lima, falando. Desculpe, mas no momento me encontro impedido de atender o telefone, por motivos que podem variar. Conto com a sua credulidade. Se ainda assim quiser deixar o recado, aguarde o bip e se pronuncie.*

Puííííímmmmm

Oi, Lima, aqui é a Graça. Não vai esquecer de passar aqui na tevê para experimentar o terno branco e fazer teste no cenário novo. Uma beijoca.

Puííííímmmmm

Lima! Você não se lembra de mim. Eu sou o Vieira e estudei com você no ginásio. Consegui o seu telefone com os seus pais. Encontrei os dois no mercado da Lapa! Eles estão ótimos. Parabéns pelo programa, meu. Gostei de você aí fazendo sucesso. Bom, eu tento ligar mais tarde pra gente relembrar os velhos tempos.

Puííííímmmmmm

Lima, é o Fera. Tudo bem? Só pra massagear seu ego. Tem uma crítica sua no jornal. Eu vou mandar pra você. Abraços.

Puííííímmmmmm

Liminha, é a Graça de novo. Não vai esquecer do teste do terno, hein? Beijoca.

Puííííímmmmmm

Lima, é o Tutti! Quanto tempo, cara! Só liguei pra dizer que vi o seu programa. Genial. Vanguarda pura. Depois eu ligo.

Puííííímmmmmm

Liminha, meu limoeiro, é a Graça te lembrando do teste. Beijinhos.

Puííííímmmmmm

Oi, filho, aqui é a sua mãe. Você estava muito bem no programa ontem, viu? Agora eu e seu pai estamos assistindo, toda madrugada. Os vizinhos aqui também gostam e comentam. Uns não gostam muito, mas sabe como é. Não se pode agradar a gregos e troianos. Tem um pessoal aqui que pediu um autógrafo seu. Será que você não podia dar uma passadinha aqui em casa? Olha, hoje eu fiz uma lasanha. Vê se vem jantar aqui. Se cuida.

Puííííímmmmm

Lima, é a Luísa. Vamos conversar melhor sobre aquele papo que rolou ontem? Aguardo seu telefonema.

Puííííímmmmm

Grande Lima, seu travadaço! Aqui é o René. Que história é essa de que não gostou do cenário novo, que preferia o antigo? É a lei da vida, querido, o que não se expande acaba se contraindo. Estamos crescendo, seu limão azedo. Vamos pra cabeça! Ah! A Graça pediu pra avisar pra você não esquecer do teste de roupa. Um beijo de língua.

Puííííímmmmm

O meu punhal tem o seu nome. Montezuummaaaaaa!!!!!

CRÍTICA

Quem vai às ruas cedo há de ter percebido um estranho sinal dos tempos: homens e mulheres com olheiras profundas, como se a cidade padecesse de noites maldormidas. E essa verdadeira epidemia de insônia responde pelo nome *Assombros na madrugada*. O programa da Rede Plus criou um novo hábito noturno, o que já é um inegável elogio para qualquer produto gerado por um veículo de comunicação de massa. Impôs um modismo que só o tempo dirá se deixará marcas ou será efêmero, como tantos outros produtos culturais da mídia eletrônica.

Há que ressaltar, entretanto, que além do apelo popular, o programa se inscreve no relativamente recente fenômeno cultural do trash cult, ou culto ao lixo, ou seja, o interesse por alguns produtos culturais de extremo mau gosto. E o peculiar desse fenômeno é o fato de que as pessoas que se interessam por ele são egressas de um universo social sofisticado que, em épocas anteriores, rejeitariam "lixo cultural".

Desse modo, o programa *Assombros na madrugada*, embora possivelmente não tenha sido essa a sua intenção, festeja a seu modo o lixo cultural em cultos eletrônicos celebrados pelo impecável antiapresentador Lima e seu improvável patrocinador misterioso, todas as madrugadas, de segunda a sábado. Tente.

A. C. Bocaj é professor de semiótica e escreve esta coluna todas as quartas-feiras.

A fala da cidade

(numa padaria — seis e meia da manhã — um freguês — Jacaré, o balconista — Tobias, o gerente, no caixa)

(freguês entra na padaria, o balconista e o gerente o cumprimentam)

(freguês) Me vê aí um pingado e um pão com manteiga na chapa, Jacaré. Que cara de sono é essa?

(Tobias) É que o Jacaré resolveu assistir ontem aquele programa, *Assombros na madrugada*.

(freguês) Nem me fala. Não sei por que eu perco o meu sono vendo aquilo!

(Jacaré) Eu achei engraçado.

(freguês) Tem dó, Jacaré. Aquele anjo fajuto. E aquela velha... Anjo de estimação, onde já se viu?!

(Tobias) E a cara do anjo? Se aquilo é anjo, eu sou o Ghandi.

(freguês) Malandro, seu Tobias. Aquilo lá é um malandro.

(Tobias)	Só. E na maior mordomia.
(Jacaré)	Vai ter é muita gente querendo ser anjo.
(freguês)	Vai virar profissão. Com carteira assinada e tudo.

(os três riem)

(num ônibus — dez horas da manhã — duas senhoras sentadas no banco do fundo)

(senhora 1)	Mas eu não entendi... o que o anjo faz na casa da mulher?
(senhora 2)	Mora lá.
(senhora 1)	E como ela encontrou o anjo?
(senhora 2)	Ela contou lá uma história, que caiu desmaiada na rua e quando acordou o anjo tinha salvado ela.
(senhora 1)	Mas é anjo mesmo?
(senhora 2)	Que nada. Tinha umas asinhas meio mixurucas.
(senhora 1)	E o anjo... o que falava?
(senhora 2)	O anjo não falava a nossa língua. Só tocava uma flauta.
(senhora 1)	E o Lima?
(senhora 2)	Esculhambou com o anjo. Disse que ele queria "casa, comida e túnica lavada".

(as duas riem)

(senhora 1)	Tem de tudo neste mundo.
(senhora 2)	Olha... o nosso ponto.

(num táxi — o motorista — o passageiro —
meio-dia e meia — direção do aeroporto de Congonhas)

(taxista)   Pois a velha disse que era anjo mesmo. Que era puro, sem más intenções.

(passageiro)   E por que ele não está no céu?

(taxista)   A velha não soube explicar direito. Disse que ele deve ter caído.

(passageiro)   E enquanto isso, ele come e dorme lá?

(taxista)   É isso aí. Pode ser anjo, mas de bobo não tem nada.

(passageiro)   E a mulher descobriu afinal qual é o sexo dele?

(os dois riem)

(num cabeleireiro — Consuelo — Mercedez —
Valério, o cabeleireiro — duas horas da tarde)

(Consuelo)   Claro que não é anjo, Mercedez!

(Mercedez)   Sei lá... de repente...

(Valério)   Pra mim, está mais pra gigolanjo.

(as duas riem)

(num consultório de dentista — Cláudio, o dentista —
Ernesto, o cariado — três e quarenta e cinco da tarde)

(Cláudio)   Quer saber... o que é que tem demais nessa situação? Ele faz companhia para a velha, não faz?

(Ernesto)   Hã, hã...

(Cláudio)   Vai ver que os filhos nem dão bola pra ela. Vai ver que a velha está jogada às traças, como tem tantas por aí. E daí que ela acredita que ele é anjo, não é mesmo?

(Ernesto)	Hã, hã, hã...
(Cláudio)	Fica todo mundo achando que ele explora a velha. Será mesmo? Será que ela não ficaria pior sem ele? Você não concorda comigo?
(Ernesto)	Hã, hã!
(Cláudio)	Pode cuspir.

(numa produtora — dois atores esperando para
fazer teste para um comercial — cinco para as cinco da tarde)

(ator 1)	Pra mim, aqueles dois estavam de armação.
(ator 2)	A velha e o anjo?
(ator 1)	Claro! Dava pra ver. Eles armaram aquela encenação.
(ator 2)	A troco?
(ator 1)	Pra aparecer na televisão, oras. Sabe que eu até pensei nisso?
(ator 2)	Jura?
(ator 1)	Ia ser divertido pra burro. Você não quer entrar na jogada? Eu sei fazer uma imitação de macaco. Eu ia fazer um gênero Tarzã criado por macacos na selva amazônica. Você podia ser, sei lá, um parente meu, que foi me buscar.
(ator 2)	Eu topo! Eu topo! Vai ser gozado. E depois... a gente mostra a cara.

(num restaurante — dois garçons empilhando
as cadeiras — uma e vinte da madrugada)

(garçom 1)	Pode ser que aquele cara não seja anjo, mas que estava engraçado, estava.
(garçom 2)	É... Tudo que o Lima perguntava, ele respondia tocando flauta. E a velha traduzia. Eu não sabia que existia "flautês"!

(os dois riem)

(garçom 1)	E o Lima? Ele fica tão bravo. Não agüento a cara de desanimado dele. Falando nisso, hoje parece que o programa vai estrear cenário novo.
(garçom 2)	Então vamos dar um agito aqui, que eu quero ver se ainda dá pra pegar...

VINHETA DE ABERTURA <u>ASSOMBROS NA MADRUGADA</u> — 00:15'

<u>ABERTURA NO CENÁRIO</u>

CÂMERA ABRE EM PLANO GERAL SOBRE O CENÁRIO. O CORTINADO DESCERRA E ENTRAM AS VAMPIRELAS COM A COREOGRAFIA DA CANÇÃO <u>ASSOMBROS NA MADRUGADA</u>.

<u>ENTRADA DE LIMA</u>

AO FINAL DA COREOGRAFIA, ACONTECE O JORRO DE FUMAÇA E LIMA SURGE NA GRANDE PORTA CENTRAL, QUE IMITA UM SARCÓFAGO EGÍPCIO. VAI ATÉ O PEQUENO PÚLPITO COM O CANHÃO DE LUZ SEGUINDO SUA TRAJETÓRIA. A CÂMERA CORRIGE O ENQUADRA-MENTO COM O AUXÍLIO DA GRUA, MOSTRANDO UM PLANO GERAL COM DETALHE DO AUDITÓRIO. SOBE PLACA: "PALMAS". PÚBLICO APLAUDE A ENTRADA DE LIMA.

LIMA	Obrigado, obrigado. Boa noite, quer dizer, madrugada, a todos os que estão em casa e a todos os corajosos que estão aqui. Antes de mais nada, eu gostaria de me des-culpar por esse festival de cafonice a que vocês acaba-ram de assistir. Essa é a nova cara do programa. Juro que não fui eu quem inventou isso. Mas fui voto venci-do e aqui estou, encarapitado neste púlpito, com este terno branco horroroso. Que saudade do meu sofazi-nho. E essas luzes todas!!! Estão me cegando! Como? Calma, René. René é o meu diretor. Palmas para ele.

A PLATÉIA APLAUDE.

LIMA	Ele está acenando para o relógio. Mas o nosso tempo

não aumentou um pouco? Bem, de qualquer forma, não temos a madrugada toda. Antes de mais nada, obrigado mais uma vez pela grande audiência. Durante muitos meses realizei estas entrevistas com a sensação, não de todo desagradável, de que ninguém me assistia. Agora estou sendo sintonizado por milhares de televisões na madrugada. Graças a isso, deixei de ser uma ilusão e me tornei uma realidade eletrônica. Então creio que posso dizer: eu existo.

PLACA DE APLAUSOS.

LIMA   Você não vai levantar essa plaquinha toda hora, vai? O quê? Sei, ordens do diretor. O René voltou das férias com uma energia transbordante. Bom, vamos começar as entrevistas. Hoje nós teríamos duas entrevistas. Uma delas foi cancelada e o motivo é, no mínimo, curioso. É sobre um caso da elefanta, ou aliá, do zoológico que se apaixonou pelo servente que alimentava os elefantes. Foi uma paixão fulminante que perturbou a vida da instituição de um modo tal que o servente foi mandado embora. A aliá teve depressão. Não comia mais nada. Nossa produção localizou o servente e ia trazer a própria aliá até nossos estúdios. Mas quando ela viu o servente aqui em frente escapou ao controle dos guardas, causando uma correria infernal. No presente momento ela se encontra foragida. Qualquer novidade, seremos informados.

PLACA DE APLAUSOS.

LIMA   Mas não fiquem preocupados. Vocês não vieram aqui em vão. Temos ainda uma personalidade para entrevistar. Uma personalidade... real. Trata-se de um rei. E não um reizinho qualquer. Ele é simplesmente... o Rei do Mundo! Pode entrar, senhor Silvino Fortunato.

PLACA DE APLAUSOS. SILVINO APARECE NA PORTA DO SARCÓFAGO, RECEBIDO POR DUAS VAMPIRELAS. CAMINHA ATÉ A POLTRONA EM FORMA DE ATAÚDE, COM O CANHÃO DE LUZ ACOMPANHANDO SUA TRAJETÓRIA. SENTA-SE.

LIMA
Boa noite, senhor Silvino. Ou devo dizer... Majestade?

SILVINO
Boa noite, caro Lima. Absolutamente. Não precisa me chamar de Majestade, nem mesmo de senhor. Pode me chamar apenas de Silvino. É o que me basta.

LIMA
Sim, mas pelo que está escrito aqui, o senhor... quer dizer, você... é o Rei do Mundo. É isso mesmo?

SILVINO
Exatamente.

LIMA
Rei do Mundo... todo?

SILVINO
Sim, Lima... isso mesmo.

LIMA
Quer dizer... África, Ásia, Oceania, América...

SILVINO
Se você aprecia essas divisões...

LIMA
Digamos, então... Rei do planeta Terra.

SILVINO
Assim está melhor.

PEQUENA PAUSA. LIMA OLHA CRITICAMENTE PARA SILVINO, QUE APALPA OS BOLSOS E APANHA UM MAÇO DE CIGARROS.

SILVINO
Será que eu poderia fumar?

LIMA
À vontade. Bem... E além de reinar sobre o nosso planeta, você tem alguma outra atividade... remunerada?

SILVINO
Sim. Sou alfaiate.

LIMA
Alfaiate? Que coisa.

SILVINO	Um velho e bom alfaiate. Um tanto desgostoso com o rumo que tomou a moda masculina.
LIMA	Ah, sim?
SILVINO	Sim. Sou do tempo em que todo homem mandava confeccionar ternos sob medida. Não existiam essas roupas prontas, descaracterizadas, horríveis. É só andar pelas ruas para perceber a deselegância que tomou conta de tudo. Tudo está descaracterizado. O estilo, Lima, o estilo acabou.
LIMA	Você acha mesmo? E o que me diz deste meu terno?
SILVINO	Dói, de tão feio.
LIMA	Viu, René?
SILVINO	Veja, Lima... não estou me referindo à elegância esnobe, enfatuada. Falo sobre a elegância como uma filosofia de vida. Uma pessoa elegante não é a que ostenta fausto, e sim a que possui um estilo que se evidencia, apesar de discreto. O estilo aparece em tudo: no vestir-se, no comer, no falar. Elegância é cultura.
LIMA	Opa! Afinal um entrevistado com um ponto de vista! Além de alfaiate e rei, Silvino é também filósofo!
SILVINO	Bondade sua. Na verdade, um dos maiores pecados da nossa forma de existir atual neste mundo é separar tudo: rei, filósofo, alfaiate...
LIMA	Interessante. Mas, mudando um pouco de assunto, o senhor é casado, tem filhos?
SILVINO	Não, sou solteiro. E essa é uma das razões pelas quais estou aqui.
LIMA	Então... fale!
SILVINO	Como eu disse, eu sou o atual Rei do Mundo...
LIMA	Silvino, Silvino... pára! Não dá, Silvino. Rei do Mundo é demais. A produção que me perdoe. Que loucura é essa?

SILVINO	Eu compreendo e acho perfeitamente natural a sua desorientação, Lima. Vou tentar explicar desde o início.
LIMA	Vamos lá...
SILVINO	Lima, há muitos e muitos séculos, o mundo viveu uma era admirável de harmonia.
LIMA	Quando foi isso? Para mim, a História é uma seqüência interminável de guerras, opressão e alguma boa música.
SILVINO	O mundo é muito velho. Nossos conhecimentos atuais sobre civilizações recuam apenas ao Egito. Falo de eras mais remotas ainda.
LIMA	Você quer dizer... Atlântida?
SILVINO	Mais... mais... mais ainda que a Lemúria ou do que Mu. A grande era perdida. Naqueles tempos, o mundo era uma maravilha, não existiam divisões ou proibições. Cada homem era a sua própria medida, e apesar disso todos se respeitavam. A terra dava frutos sem que houvesse esforço, a cultura era esplêndida.
LIMA	E o que aconteceu para a gente chegar nesta desgraceira?
SILVINO	É uma história muito longa. Eu levaria dias para contar. O certo é que de algum modo a soberba e o orgulho foram se infiltrando, e aí começaram as separações. E com isso teve fim aquele tempo maravilhoso. Começou a História, tal como a conhecemos.
LIMA	Muito bem. E o que tudo isso tem a ver com você?
SILVINO	Naqueles tempos remotos, o mundo era governado por um rei. Um rei e nada mais. Sem guardas, sem ministros. Ele era simplesmente quem tomava conta do Livro do Mistério.
LIMA	Evidentemente você não está se referindo à literatura policial.

SILVINO	Não. Estou falando do livro que contém os segredos da harmonia. Uma espécie de Constituição, digamos assim. Bem, desde aquele tempo, a família real tomou para si a tarefa de tomar conta daquele livro. Tarefa que passou de geração para geração.
LIMA	Posso supor que se trata da sua família?
SILVINO	Exato. Assim, de pai para filho, de mão em mão, nossa família atravessou as eras mais negras salvaguardando essa relíquia de inestimável valor. Pois um dia, Lima, a era de Ouro vai voltar. E nesse dia é preciso que exista alguém com o conhecimento do Livro para bem administrar tudo.
LIMA	E essa pessoa é o Rei do Mundo, ou seja, você!
SILVINO	Que esperança! Muita água vai rolar debaixo dessa ponte. Vão ser necessárias outras tantas gerações para completar-se esse ciclo. E aí voltamos à raiz do problema.
LIMA	Qual seja...
SILVINO	Lima, eu não sou casado, não tenho filhos. É a primeira vez que isso acontece.
LIMA	E por que você não se casou? Não sente o peso da responsabilidade?
SILVINO	Simplesmente não consegui! Eu tenho tentado. Tenho procurado uma mulher para casar. Mas elas... se esquivam.
LIMA	Me diga... você conta essas coisas de Rei do Mundo para elas?
SILVINO	Sim, claro! Preciso ser honesto.
LIMA	Humm....
SILVINO	Lima, posso falar com franqueza?
LIMA	Por favor.
SILVINO	Lima, eu preciso de uma mulher!
LIMA	Certo... são dois.

SILVINO	É sério, Lima.
LIMA	E eu diria mais: é seriíssimo.
SILVINO	Eu não estou brincando, Lima. Preciso de uma mulher, urgente! É imprescindível para a Humanidade que eu arrume uma mulher, sem perda de tempo!
LIMA	O que eu posso dizer? O recado está dado.
SILVINO	Sem isso, se perderá a sabedoria que terminará com todas as divisões. É verdade.
LIMA	Silvino...
SILVINO	Sim, Lima?
LIMA	Eu não consigo acreditar numa palavra do que você diz.

SOBE PLACA "RISOS". PLATÉIA CAI NA GARGALHADA.

LIMA	Ei, isso não foi uma piada.

SILVINO SE DIRIGE À PLATÉIA.

SILVINO	Mas é muito importante que vocês acreditem em mim! É crucial! Estou falando sério! É verdade... Vocês precisam acreditar em mim. Precisam. Estou falando sério. Vocês... eu...

SILVINO APAGA O CIGARRO COM O SAPATO E SAI DO PALCO COM LÁGRIMAS ESCORRENDO PELO ROSTO. LIMA NÃO SABE O QUE FAZER. RENÉ GESTICULA. PLACA DE APLAUSOS.

LIMA	Não. Não é hora de aplaudir. Isso foi horrível, não foi? Aquele pobre homem... Bem... Vamos encerrando por hoje...

LUÍSA ENTRA NO PALCO E COCHICHA ALGUMA COISA NO OUVIDO DE LIMA.

LIMA   Ah, sim, antes de encerrar, quero comunicar que a aliá foi encontrada. Ela conseguiu entrar numa casa, derrubando parte da parede lateral. Não houve nenhum ferido e a família passa bem, apesar de muito assustada com uma elefanta irrompendo na sala de estar. A produção de <u>Assombros na madrugada</u> avisa a sobressaltada família que vai arcar integralmente com os custos. Até amanhã!

ENTRA CANÇÃO <u>ASSOMBROS NA MADRUGADA</u>. AS VAMPIRELAS VOLTAM PARA COREOGRAFAR. LIMA VAI PASSANDO POR ELAS E DESAPARECE NO SARCÓFAGO. PLATÉIA OVACIONA.

VINHETA DE ENCERRAMENTO <u>ASSOMBROS NA MADRUGADA</u>.

Caixa postal

Caro senhor Lima,

Esta é a sétima carta que eu estou remetendo ao seu programete pretensioso. E até agora não fui merecedor da sua atenção. Quem vocês pensam que são? Pensam que são a Globo, por um acaso? Vocês não passam de uma televisãozinha mixuruca e mequetrefe. E ainda ficam posando de gostosos. Por que o senhor não quer me entrevistar? O senhor entrevista todo tipo de doido, que eu sei. Será que eu não sou doido o suficiente para o senhor, senhor Lima? Aliás, já vi muita gente aí que é bem fraquinha, como o rapaz que só o que fazia era decorar a lista telefônica. Eu diria que ele não passa de um colegial superdotado. Doido? Longe disso.

Eu, senhor Lima, possuo oito personalidades, todas fascinantes. Como já escrevi nas outras vezes e torno a escrever nesta, tenho dentro de mim, congestionando a minha consciência, um bêbado inveterado, um asceta, um frio taxidermista, um dentista sádico, um *serial killer*, um investigador (especializado em *serial killers*), um ministro da Fazenda e uma professorinha do maternal. Quem está escrevendo agora, para sua sorte, é a professora, a mais ponderada deles todos. As outras personalidades estão em tamanha revolta que nem ao menos conseguem articular suas idéias.

Será que o senhor não percebe a vantagem e o impacto de realizar oito entrevistas num único programa? O que mais devo fazer, para convencê-lo de que nasci para ir ao *Assombros na madrugada?* Começo a descrer dos critérios de vocês. E já que vocês não aceitam as minhas palavras, seguem, abaixo, algumas manifestações de apoio e provas irrefutáveis do meu estado mental.

Nicolau Neves

Atesto que Nicolau Neves possui múltiplas personalidades, embora eu tenha registrado apenas três. As outras ficam por conta da sua mania de grandeza.

Vicente Ricollo, psiquiatra

Pode crer. O seu Nicolau é doido de pedra.

Sebastião Alvarenga, vizinho

Lalau é todos os filhos que uma mãe pode desejar.

Santa Neves, mãe de Nicolau

UM TELEFONEMA

— Alô?

— Quem é?

— Desculpa, Isolda, sou eu, o Lima, de novo! Eu sei que é tarde, mas...

— Lima, a gente estava vendo o seu programa!

— Vocês estavam vendo?

— Vimos, sim. Depois acabamos pedindo uma pizza. Tem uma pizzaria aqui perto de casa que faz delivery até o final do seu programa, sabia?

— Você está brincando...

— Que legal, hein, Lima?

— Legal? Você gostou?

— Ah, quer dizer, achei uma proposta curiosa. E depois, que repercussão, hein?

— Mas eu não sei, Isolda. Você viu aquele maluco que foi lá hoje?

— Aquilo foi combinado? Quer dizer, o cara acredita naquilo mesmo?

— É difícil dizer. A gente não sabe mais se as pessoas estão inventando ou falando sério. Tem gente que dá pra ver que está tirando sarro. Outros inventam as maiores barbaridades, só para aparecer na televisão. E tem os que se levam a sério mesmo...

— Quem diria, hein, Lima?

— Quem diria o quê?

— Ah, você aí, fazendo o maior sucesso.

— Quer dizer que você gostou?

— Ah, eu achei inusitado. Você viu que saiu uma crítica?

— Você leu?

— Li. Foi por isso que eu fiquei curiosa de assistir. Fico contente por você.

— Obrigado. Eu... quer dizer, não sei... Às vezes fico pensando em largar aquela loucura. Hoje eu quase larguei...

— Que besteira, Lima!

— Você acha que eu não devia?

— Fica nessa até arrumar coisa melhor, Lima.

— Obrigado, Isolda. Acho que estava precisando de alguém que me dissesse isso.

— Então está dito. Bom, agora eu preciso dormir.

— Obrigado, Isolda. Até...

Breve história do sorriso

Houve um tempo em que pouco se sorria. Estou me referindo, claro, à representação do sorriso. Você não vê ninguém sorrindo nos murais egípcios, nos baixos-relevos e esculturas da Antiguidade. A máscara da comédia grega é um dos poucos risos explícitos que ecoam daqueles tempos. Está certo que a falta de sorriso não quer dizer necessariamente tristeza. Pelo contrário, em alguns casos representa a busca de uma serenidade acima dos humores. A verdade é que essa atitude séria vingou em toda a tradição pictórica do Ocidente. A tal ponto que o sorriso da Mona Lisa, aquele sutil esgar que nem se sabe ao certo se é mesmo um sorriso, causou furor em toda a História da Arte. E mesmo com o advento da fotografia, as pessoas ainda se comportavam de acordo com a solene tradição. É só averiguar aquelas fotos realmente antigas, do século XIX, em preto-e-branco ou mesmo sépia — desbotadas, já, pelo tempo, ou corroídas pelo ácido —, para flagrar nossos ancestrais fixando a objetiva de modo compenetrado, como se aquele momento de perpetuação da própria imagem não pudesse de modo algum ser confundido com alguma brincadeira fútil.

Então, por algum motivo, houve uma total mudança nesse panorama. A partir de um momento, todos passaram a sorrir para as câmeras e com tal intensidade que o próprio clique fotográfico se transformou num sinônimo de sorriso. Olhar para uma objetiva e sorrir passou a ser, mais do que um condicionamento cultural, um impulso nervoso. E isso não se passou apenas nas fotografias caseiras, nas lembranças das férias. Ao contrário dos outros séculos, todo o século XX pode ser representado por um rosto sorrindo para a objetiva. Nunca se sorriu tanto. Um alienígena que levasse uma banca de revistas moderna para seu planeta de origem faria seus semelhantes glorificarem a Terra como o mais feliz dos planetas. Alguém havia descoberto afinal que o sorriso é o caminho mais curto para a empatia e também, claro, para a venda. E todo o comércio explodiu em outdoors sorridentes, em gengivas expostas ao sol das calçadas.

Então houve nova — e súbita — reação. Uma tendência iniciada num momento difícil de identificar, mas que nos anos oitenta, quando se passa esta narrativa, estava totalmente consolidada. Era o anti-sorriso. Não a atitude superior das imagens antigas. Pelo contrário, tratava-se de uma postura agressiva, de uma hostilidade mesmo em relação à objetiva. Os grupos de rock foram, talvez, os que mais difundiram a nova atitude. As capas dos derradeiros long-plays mostravam grupos de cantores aparentemente irritados por alguém fotografá-los: braços cruzados, olhares ameaçadores.

Desse modo, quando a Graça, produtora do *Assombros na madrugada*, lembrou a todos que o apresentador Lima não sorrira uma vez sequer desde a primeira vez que o programa fora ao ar, René, o diretor, exclamou sorrindo: "Gênio!". Afinal, Lima estava integrado numa tendência da época. E mesmo Lima não se recordava de um sorriso recente seu. Olhava-se todo dia no pequeno espelho do banheiro e o que via era uma expressão em pânico.

E por que aquele pânico? Difícil explicar, principalmente agora quando — para utilizar uma metáfora batida, mas que tem tudo a ver com o tema em questão — o destino lhe sorria. Pois ele não estava chegando no fim de alguma festa: estava surfando na crista de uma onda imensa. Parecia até que um grande mecanismo cósmico havia regulado seus batimentos com a vida de Lima, os astros todos alinhados em sua direção. Era ele o foco dessa festa. Os rostos viravam-se por onde ele passava, sorrindo. E isso, em vez de gerar uma compreensível euforia, provocava nele um pavor irracional, se é que existem pavores racionais. Sentia-se devassado em tudo, como se andasse nu pelas ruas — mais do que nu, transparente —, e todos pudessem ver o material de que era feito, o seu estofo frágil.

Somente num segundo momento conseguiu tatear com segurança o terreno em que estava pisando e assim sentir-se um pouco dono da situação. Ainda mais quando Graça lhe confessou que aquele telefonema ameaçador do Montezuma havia sido apenas um trote do Sílvio, câmera do programa e gozador de primeira.

Então, subitamente, Lima foi possuído pela consciência de algo raro: o sucesso fazia com que fosse aceito em toda a sua esquisitice, em todo o seu mau humor, em toda a sua lunaridade. As pessoas o queriam assim. Achavam graça que ele fosse daquele jeito. E não seria esse o mais extremado sonho de aceitação a que um humano pode almejar? Quando se deu conta disso, Lima fez uma expressão abismada, foi até o pequeno espelho do banheiro para ver se ainda se reconhecia e, pela primeira vez em muito tempo, sorriu.

DIÁRIO DE SATURNO

O outro lado da lua. O outro lado da rua. O outro lado da moeda. O outro lado de tudo. O outro lado de todos. É engraçado ver o outro lado das coisas. Dá pra passar a vida vendo um lado só. E de repente: a coisa vira. E vira de um jeito! Que mudança... Até outro dia, tudo o que eu recebia era um cumprimento mastigado, de má vontade. Agora... todos correm pra me cumprimentar. No começo fiquei irritado. Muito cinismo. Só porque um desgraçado põe a cara na televisão, muda tudo? Independentemente do que ele faça lá? Mas o gozado é que as pessoas parecem sinceras. Sei lá... amolece a gente.

Parece até que eu mudei de prédio, ou então que os antigos vizinhos se mudaram no meio da noite e vieram outros novos no lugar. E eu que estava com medo de que eles fossem achar o programa uma droga! Bom... alguns até acham. Mas o que eles acham demais mesmo é o fato de me verem na televisão.

O Régis, o pequeno demoninho, é um dos que mudaram da água pro vinho. Está um doce. E não pára de perguntar do tal concurso. Desenvolveu uma espécie de obsessão com esse negócio de ir pra Disney. Falei que não tinha nada assim no meu programa, nem na emissora, mas ele fica me olhando com olhinhos esperançosos. Dá pena. Parece que pensa que alguém que aparece na televisão pode tudo. E acredita que eu ainda vou conseguir a viagem para ele. Calafrios...

Outro que mudou total foi o seu Mário, o síndico. Me levou para conhecer sua coleção de aquários (que eu já conhecia!). Fez uma descrição detalhada e científica de cada tipo de peixe (bocejo). Ele possui uma literatura vasta sobre o assunto. A dona Maria ficava me acenando de longe, meio envergonhada, querendo desculpar o marido por só falar naqueles peixes. Trouxe café e bolinho de chuva pra gente comer. E dá-lhe peixe. E adivinha por quê? Tchan, tchan-tchan-tchan... No fim, a coisa toda se revelou. Ele me disse, muito sério, tipo olhos nos olhos, que faria uma boa figura no Assombros, falando sobre os seus aquários. Tentei sair pela tangente. Expliquei que só ia gente meio esquisita no programa. Mas ele perguntou se eu não achava esquisito alguém ter tanto aquário dentro de casa. Fui obrigado a concordar. Então ele sorriu, bem satisfeito, e disse pra eu ver o que eu podia fazer por ele, que ele ia adorar, e tal e coisa.

Fico mal pra burro com isso. Vou ter que falar com a Graça. E se não der? Aí vou ter que inventar desculpa... Hoje eu já tive que desviar de caminho, quando vi o seu Mário vindo pelo corredor. Senão ele ia me perguntar: "E a nossa entrevista, pra quando sai?".

Ah, mas a grande, a imensa, a mais profunda mudança foi a da dona Lídia, a mãe da Coisa Mais Fofa, a Lidiane. Quando me viu pela primeira vez, depois de saber que eu trabalhava na televisão, foi como se me conhecesse na intimidade há três séculos e meio. Ou então como se se recordasse de outra encarnação, quando a gente era muito íntimo. Abriu um sorriso, agarrou meu braço e começou a falar, falar, falar, falar, falar e não parou mais. Foi até mal-educada, porque eu estava conversando com outros vizinhos na entrada do edifício. Bem falsinha... E até hoje não parou de falar. Como fala! Já veio aqui em casa umas três vezes. Deixou o portfólio com as fotografias da filha. Mas isso não é o pior: fez a menina representar uma cena para mim. Ela dirigiu a filha para fazer um teste numa peça de teatro infantil e ficou danada porque a menina foi recusada. Em suma: a mulher não larga mais do meu pé.

O Menelau também me olha através daquelas lentes descomunais com grandes expectativas de que eu possa fazer não sei o quê por ele. Ainda deve estar pensando. Mas logo, logo vem bomba, pode ter certeza.

E não foram só esses que mudaram, não. Foi o prédio todo. Agora tem sempre uma vizinha, como a dona Vera do quarto andar, vindo me trazer um prato de alguma coisa, por exemplo uns doces que ela faz. E aproveita pra pedir um autógrafo pra dar para a sobrinha. Já fui em três aniversários de criança, lá no salão de festas do prédio. E perdi a conta das fotografias que tirei. Gente dos prédios vizinhos aparece na portaria pra perguntar se "o cara do Assombros mora aqui mesmo". E o Gonçalves, todo sorridente: "Aqui mesmo!". Até namorada ele já arrumou por minha causa. Percebi que eles têm orgulho de eu trabalhar na televisão. Confesso: me comoveu, essa mudança. Depois bateu uma ansiedade, porque eu pensei: "Agora eles vão ficar sempre esperando que eu faça sucesso. E se o programa parar de fazer sucesso, vai todo mundo se decepcionar".

Mas a coisa que mexeu mais comigo foi o dia em que eu estava voltando do programa e vi uma faixa colocada bem na frente do prédio, com letras enormes: "O Lima é nosso!". Foi paga com taxa de condomínio. O Gonçalves, que prendeu a faixa entre os dois coqueiros velhos da entrada, estava todo orgulhoso, e me fez tirar uma foto com ele debaixo da sua obra. A coisa está meio que saindo do controle. Eu fico pensando em onde tudo isso vai parar.

Falando nisso: pedir para a Graça mandar o Sílvio dar um tempo com as brincadeiras. Ligar para minha secretária eletrônica dizendo que era o Montezuma foi coisa de mau gosto, mas até aí tudo bem. Agora, pichar o muro aqui do prédio com um "Montezuma" enorme, vermelho, já é demais. Extrapolou.

E esse sono, que não vem?

Não esquecer de passar no mercado pra comprar vinho e macarrão.

O mestre dos inícios

Lima chegou do mercadinho possuído por uma crise de ansiedade. O elevador demorou um milênio para descer e outro para subir, parando de andar em andar por obra e graça do pequeno demônio dos Fragoso. Ainda acabou laçado pelo Menelau, que falou quase meia hora sem se incomodar com as duas grandes sacolas de compras que Lima equilibrava com dificuldade. Acontece que Menelau queria aproveitar o prestígio do vizinho e trazer Henri, o seu chefe, para um novo almoço, que apagasse de vez a impressão do desastre anterior.

— Se eu disser que você vai almoçar com a gente, com certeza ele vem! E aí, Lima, topa? A Zilda ia ficar muito contente.

É o tipo da coisa que o deixaria num "mau humor menstrual", como René se referia às trombas constantes do apresentador. Mas Lima respondeu que tudo bem, que era só Menelau marcar com antecedência para ele poder se organizar. Depois trocaram alguns comentários alarmados sobre as rachaduras que os trabalhos da construção ao lado estavam causando no Saturno, e Menelau se despediu com tapinhas camaradas.

Dentro do seu apartamento, Lima sentiu-se aliviado e de algum modo protegido, ainda mais que, por ser sábado, o bate-estaca não infernizava o universo. Pôs um disco na vitrola. Aflito, foi para a cozinha preparar o macarrão *al pesto*, receita de uma vizinha italiana, a Antonella, do 106. Subitamente sentiu-se feliz e achou, por isso mesmo, que alguma coisa devia estar errada. Enquanto cozinhava, vasculhou seus sentimentos para tentar compreender melhor aquela montanha-russa que o sucesso do *Assombros* provocara em seu sistema nervoso. O sentimento de felicidade vinha acompanhado por um princípio de pânico, como se algo estivesse fora de lugar, ou algo terrível estivesse por acontecer de um momento para o outro. De repente, tudo passava. A velha depressão voltava, e, por incrível que possa parecer, parecia confortável. Mas bastava recordar-se do momento atual para sentir uma leve euforia. Como já dissera no ar, certa vez, seu peito era uma "ciranda de neurastenias".

Já havia contornado por diversas vezes aquele circuito tortuoso, velho conhecido, enquanto perambulava pela estreita cozinha manipulando ingredientes. E não podia negar: estava realmente feliz. Estava no início de algo. E, nos inícios, sentia-se bem. Era um mestre de inícios. Não se dava bem com os fins nem com os meios. Odiava coisas que acabavam, finais de tarde de domingo, e aquele som habitual de programas eternos na televisão, prenunciando o fim do fim de semana e da suspensão do tempo normal que ele oferecia. Odiava o tempo normal, odiava os dias em que nada de especial acontecia, não conseguia viver a vida que as pessoas viviam, achando natural que a maior parte da vida se passasse em horas não festivas. Talvez fosse sua sina lunar.

E não seria essa, quem sabe, a razão do seu mau humor? O fato de ter de suportar uma vida sem festa diária ou com festas para as quais estava sempre chegando atrasado? Mas festa todo dia abole com a idéia de festividade, uma vez que as festas pontuam o calendário, dão ritmo ao calendário, e, se não forem raras, deixam de ser festas, como lhe disse um dia Isolda, ao cobrar dele, muitos anos antes, uma definição que não viera. E que festa era essa que ele queria? Que expectativa de festa imensa ele possuía? Teria ele algo de criança, de criança grande?

Talvez por isso se sentisse perdido com crianças. Elas o aterrorizavam. Exigiam uma mudança total de vida. Alguma coisa nelas o ameaçava profundamente. Quando via alguns amigos casados deixarem de ir ao cinema como faziam antes para ficar em casa com os filhos, o fato lhe arrepiava a alma: temia a perda da disponibilidade, mesmo que esta fosse um deserto afetivo. Se tivesse chegado a engravidar alguém, era bem provável que agisse como o Fera, que, durante a gravidez da mulher, fora o mais festivo dos pais. Vivia com os ouvidos na barriga da esposa espreitando chutinhos, admirava a pele viçosa da companheira, aquele halo de plenitude que a gravidez confere às mulheres. Derramava-se para os amigos, afirmando ter descoberto o significado da vida. Declamava que a mulher era Céres e ele Júpiter; que ela era o húmus fértil da existência, que o rio da vida começava e terminava na barriga da esposa, que a própria humanidade estava nascendo ali naquele momento. E no dia do parto, na maternidade? Fera personificava o pai beatificado, varado por um relâmpago de significação universal. Convidou os amigos para uma festa, embriagou-se, chorou comovido no ombro de todos. Mas quando chegou com o embrulhinho em casa, olhou para aquela coisa vivente e teve um ataque de pânico. Dias depois, deixou um bilhete para a mulher afirmando não estar preparado para a paternidade. E se foi.

Depois de terminar a massa e deixar no forno, Lima foi tomar um banho. Perfumou-se. Vestiu uma roupa nova. Foi para a sala arrumar a mesa para o jantar. Pensou em escolher outro disco mais apropriado para um início. Preferiu um instrumental. Sentou-se no sofá, aguardando. Depois de alguns minutos, o interfone tocou.

— "Seu" Lima, tem aqui uma Luísa.

— Pode deixar subir.

VINHETA DE ABERTURA <u>ASSOMBROS NA MADRUGADA</u> — 00:15'

<u>ABERTURA NO CENÁRIO</u>

CÂMERA ABRE EM PLANO GERAL SOBRE O CENÁRIO. O CORTINADO SE ABRE E ENTRAM AS VAMPIRELAS COM A COREOGRAFIA DA CANÇÃO <u>ASSOMBROS NA MADRUGADA</u>.

<u>ENTRADA DE LIMA</u>

AO FINAL DA COREOGRAFIA ACONTECE O JORRO DE FUMAÇA, E LIMA SURGE NA GRANDE PORTA CENTRAL QUE IMITA UM SARCÓFAGO EGÍPCIO. VAI ATÉ O PEQUENO PÚLPITO COM O CANHÃO DE LUZ SEGUINDO SUA TRAJETÓRIA. A CÂMERA CORRIGE O ENQUADRAMENTO COM O AUXÍLIO DA GRUA, MOSTRANDO UM PLANO GERAL COM DETALHE DO AUDITÓRIO. SOBE PLACA: "PALMAS". PÚBLICO APLAUDE A ENTRADA DE LIMA.

LIMA   Boa noite. Estamos iniciando hoje mais um programa <u>Assombros na madrugada</u> e vamos ver o que nos aguarda.

SOBE PLACA "RISOS".

LIMA   Vamos começar lendo a carta do senhor Lindomar Vieira, residente no Cambuci. É um cirurgião-dentista, desquitado. Garante que o apartamento dele está encolhendo.

SOBE PLACA "RISOS".

LIMA   É verdade. Ele diz que achava que era só cisma, mas

que agora viu que é verdade, pois não consegue mais
sair pela porta.

SOBE PLACA "RISOS".

LIMA   A carta foi enviada por um vizinho, e ele pede ajuda. A
mensagem está dada. Se alguém conhecer um profissional que estique apartamentos, favor ligar para a
produção. Vocês dão risada, é? Pois não tem graça
nenhuma. Ou esse Lindomar é um gozador que está
tirando uma da minha cara, ou então é alguém que
precisa de ajuda mesmo.

SOBE PLACA "RISOS".

LIMA   Abaixa essa placa! Não era para subir agora. E antes
da nossa entrevista de hoje eu gostaria de dar um
aviso. Depois de muito tempo escondido, o nosso patrocinador misterioso vai enfim se revelar.

SOBE PLACA "APLAUSOS".

LIMA   Fiquem atentos, pois pode ser em qualquer madrugada
dessas. E vocês vão ter uma grande surpresa. Eu também. Juro! Bom, vamos iniciar a nossa entrevista. E
olha, a produção resolveu que não vai mais me contar
qual é o apito de quem vem aqui. Minha surpresa vai
ser igual à de vocês. Então, vamos ver... pode entrar,
senhor... Ivanor Cripa.

**SOBE PLACA "APLAUSOS". ENTRA IVANOR COM UMA CAIXA DE SA-
PATOS NA MÃO. É LEVADO POR UMA DAS VAMPIRELAS ATÉ O LUGAR**

EM QUE DEVE SENTAR. É UM HOMEM MEDIANO, MEIO GORDINHO, COM GRANDES ENTRADAS NA CABEÇA.

LIMA Boa noite, senhor Ivanor.

IVANOR Boa noite, Lima. Estou muito feliz por estar aqui.

LIMA Desculpe, mas não posso dizer o mesmo enquanto não souber o que você veio fazer.

IVANOR OLHA LIMA SEM ENTENDER. LIMA FAZ UM SINAL PARA SUBIREM A PLACA DE "RISOS".

LIMA Foi só uma piada, Ivanor.

IVANOR Ah, bem.

LIMA E o que traz o senhor aqui? Estou vendo essa caixa aí na sua mão, e já estou ficando com medo.

IVANOR Bem, antes de mais nada, o esquisito, no caso, não sou eu. É o Sebastião.

LIMA Sebastião? E onde está o Sebasti... aaah! Você não vai me dizer que ele está dentro dessa caixa, vai?

IVANOR Está.

LIMA A noite promete. Muito bem. O senhor está com as cinzas do Sebastião aí? Já sei. Ele era seu amigo, você ficou com as cinzas dele e não consegue se separar delas! Matei?

IVANOR Não, senhor.

LIMA Duvido que sua história seja mais absurda do que essa. Vamos... mostre o Sebastião para a gente. Ele não está pelado, está?

IVANOR Bem, ele tem um problema.

LIMA Deve ter vários, para estar metido numa caixa de sapatos.

IVANOR Ele... ele se transforma, sabe? Ele...

LIMA	Se transforma?
IVANOR	Se transforma... ele deixa de ser uma coisa para ser outra...
LIMA	Se transforma no quê, homem? Desembucha!
IVANOR	Ele... ele vira... um sapato.
LIMA	Um sapato?!
IVANOR	É. Um sapato.
LIMA	Só isso?
IVANOR	Como, só isso? É horrível, alguém virar sapato!
LIMA	Com certeza. Mas, sei lá... Sapato é um tanto paradão.
IVANOR	O senhor está me gozando, é?
LIMA	O que você quer que eu diga? Você vem aqui e proclama que um tal Sebastião se transforma em sapato e quer que eu diga o quê?
IVANOR	Mas ele se transforma. Está aqui!
LIMA	Bem, verdade seja dita. Você foi um dos únicos que trouxeram uma prova. Mas, antes de exibir o Sebastião para o mundo, fale mais um pouco sobre ele.
IVANOR	O que o senhor quer que eu fale?
LIMA	Como ele se transforma, desde quando, do que se trata, se é uma mutação genética ou apenas um tique nervoso.
IVANOR	Bem, a verdade é que durante muito tempo nem ele sabia que se transformava em sapato.
LIMA	Como assim?
IVANOR	Bem, o senhor sabe, um sapato é uma coisa assim... meio esquecida de si mesma.
LIMA	Essa é uma grande definição para um sapato: "uma coisa esquecida de si mesma". De fato, um sapato não tem olhos nem orelhas nem nariz nem guelras. Não fala nem pensa. Também não faz fotossíntese. Um sapato é apenas um objeto, de modo que, se alguém possui o triste destino de se transformar em um sapa-

	to, seja ele um tamanco ou um mocassim, seja ele uma pujante bota ou um humilde chinelinho, essa pessoa não vai mesmo poder saber o que aconteceu, pois estará esquecida de si mesma. Brilhante.
IVANOR	É isso aí.
LIMA	Bem, mas então como foi que o Sebastião soube que era vítima dessa metamorfose?
IVANOR	É que um dia a avó dele viu ele se transformar.
LIMA	A avó?
IVANOR	É. Ele mora com a avó desde criança, porque perdeu os pais.
LIMA	Sei. Sinto muito. E aí a avó pegou ele se transformando?
IVANOR	Ele tinha discutido com a avó e ficou muito nervoso. Nervoso mesmo. Estava tremendo todo. Aí a velha viu ele começar a se transformar, os cabelos foram virando cadarços e o corpo foi mudando para couro, ele foi diminuindo, diminuindo... até que virou um sapato.
LIMA	Um só?
IVANOR	Como assim?
LIMA	Sei lá, sapato sempre pede um par.
IVANOR	Não. Um só. O pé direito.
LIMA	E a avó?
IVANOR	Saiu berrando pela cidade. Foi um deus-nos-acuda.
LIMA	Faço idéia.
IVANOR	E aí a notícia se espalhou e foi a maior onda de pânico.
LIMA	Pânico?
IVANOR	Foi um grande corre-corre. As escolas dispensaram as crianças. Todo mundo foi para casa mais cedo, as ruas da cidade ficaram vazias.
LIMA	Mas por quê?
IVANOR	Acho que o senhor ainda não entendeu bem. Uma pes-

	soa se transformar num sapato é uma coisa muito horrível, muito assustadora.
LIMA	Quanto a isso não resta a menor dúvida, Ivanor. Mas veja bem... Uma vez concluída a metamorfose, ou seja, depois que o Sebastião virou um sapato, o que ele poderia fazer de potencialmente agressivo para as pessoas? Chutar? Pisar?
IVANOR	Nada, ele ficava parado. Mas mesmo assim todo mundo ficou aterrorizado pela coisa em si.
LIMA	Foi um caso de histeria coletiva.
IVANOR	Deve ter sido. Um senhor até sofreu um enfarte.
LIMA	Um enfarte? Por causa do Sebastião?
IVANOR	Na verdade, não. É que esse senhor estava indo para a casa como todo mundo, à noitinha, para não ficar na rua. E quando estava atravessando uma rua viu um tênis velho jogado na sarjeta e pensou que fosse o Sebastião.
LIMA	E daí?
IVANOR	Aí o tal senhor ficou paralisado de terror. Ficou lá, encarando o tênis fixamente...
LIMA	... e o tênis olhando ele.
IVANOR	Até que o senhor não suportou a emoção e teve um enfarte.
LIMA	O tênis foi mais forte.
IVANOR	É sério.
LIMA	Eu sei. E o que mais?
IVANOR	Bem, teve outro caso. Durante o dia uma doméstica deixou cair um sapato de salto alto da uma janela que dava para a calçada e ficava em cima do ponto de ônibus.
LIMA	Nem precisa falar mais nada. Foi a maior correria.
IVANOR	Foi mesmo.
LIMA	E como conseguiram dar um fim nesse terror?

IVANOR	Bom, a polícia teve que invadir a casa da avó do Sebastião e acabaram acertando ele.
LIMA	Acertando? Com tiros, você quer dizer?
IVANOR	É. Os policiais estavam muito tensos, sabe? Entraram atirando.
LIMA	Pobre Sebastião.
IVANOR	Aí exibiram o Sebastião todo furado, e as pessoas ficaram mais calmas.
LIMA	Certo, certo... e você pegou o Sebastião para você.
IVANOR	É. A gente era muito amigo, quer dizer, antes de ele virar sapato. A gente estava sempre nas pescarias, lá no rio da cidade. Era um grande chapa, o Sebastião.
LIMA	Devia ser. E você nunca percebeu nada nele antes?
IVANOR	Como assim?
LIMA	Digo, uma tendência nesse sentido, alguma indicação...
IVANOR	Bem, para ser sincero, às vezes eu achava que ele tinha um cheiro de couro.
LIMA	Ele cheirava a couro?
IVANOR	Era uma impressão. Se bem que não posso dizer com certeza, porque eu sempre estava com aquele cheiro de couro. Eu trabalho numa sapataria e...
LIMA	Você trabalha numa sapataria?
IVANOR	Trabalho.
LIMA	Humm...
IVANOR	Na Sapataria Moderna.
LIMA	Deve ser, com toda a certeza. E me diga, o senhor trabalhava muito com cola de sapateiro lá, não é mesmo?
IVANOR	O que o senhor está insinuando?
LIMA	Bem, nada. Quer dizer, uma coisa grande assim, um homem virar sapato... Uma cidade inteira entrar em pânico. Sei lá, ninguém noticiou nada.
IVANOR	Viragem é uma cidade pequena.

LIMA	Mesmo assim...
IVANOR	O senhor está dizendo que eu sou mentiroso?
LIMA	Eu só estou pensando aqui com os meus botões. Acho que está na hora de a gente mostrar o Sebastião.

IVANOR ABRE A CAIXA E TIRA UM SAPATO VELHO TODO ESBURACADO.

IVANOR	Aqui está ele.

SURGE PLACA "APLAUSOS".

LIMA	Então esse é o Sebastião. De fato, ele não está com uma aparência muito boa.
IVANOR	Escuta aqui, o senhor quer parar de caçoar do Sebastião?
LIMA	Eu não... quer dizer... Eu estou sendo irônico mesmo. O que você quer que eu faça? Que acredite nessa história? Você quer convencer esta platéia aqui de que isso é verdade? Tenha a santa paciência, Ivanor! E, mesmo que fosse verdade, francamente, que metamorfose mais besta. Um homem virar sapato!

SOBE PLACA "RISOS". A ASSISTÊNCIA CAI NA GARGALHADA. IVANOR SE LEVANTA FURIOSO.

IVANOR	Vocês querem parar de rir?! Parem de rir!!!

IVANOR ATIRA O SAPATO CONTRA O PÚBLICO E CAUSA UMA GRANDE GRITARIA. TODOS CORREM, E O PRATICÁVEL COM A ARQUIBANCADA DESABA. CORTE. ENTRA A:

VINHETA DE ENCERRAMENTO <u>ASSOMBROS NA MADRUGADA.</u>

MANCHETE
Jornal "Diário do Povo"

ARQUIBANCADA DESABA EM PROGRAMA DE AUDITÓRIO E DEIXA DOZE FERIDOS

Na madrugada de ontem, um acidente encerrou de maneira abrupta a transmissão do talk-show *Assombros na madrugada*, da Rede Plus. A arquibancada, que suportava uma média de cinqüenta pessoas, desabou, ao sofrer o impacto de um grande corre-corre. Tudo começou quando o entrevistado atirou um sapato na direção da assistência. A partir daí, segundo testemunhas, houve uma onda de pânico. Sílvio Firmino, 28 anos, que opera uma das câmeras do programa, relatou que a reação foi impressionante. Afirmou nunca ter visto nada igual, e que as pessoas agiam como se estivessem fugindo de algum monstro. A secretária Inês Pugliese, 37 anos, que estava na platéia, teve luxação no braço esquerdo, além de diversas escoriações e hematomas, em razão do acidente. Foi atendida no Hospital das Clínicas e narrou ter sido tomada pelo pânico quando viu todo mundo começar a gritar. Segundo ela, o sapato que foi atirado sobre a platéia atendia pelo nome de Sebastião e era uma criatura mutante. O senhor Marcos Vieira, 62 anos, taxista, que também estava na arquibancada e acabou deslocando uma omoplata, reclamava que as pessoas agiram estupidamente, pois o Sebastião não poderia fazer nada, pelo fato de já estar morto. O apresentador do programa, Luís Lima Vidigal (idade indefinida), não quis falar à imprensa, mas uma das produtoras, Graça Hernandez, 22 anos, explicou que a Rede Plus vai arcar com todos os prejuízos e que as pessoas feridas foram prontamente levadas ao Hospital das

Clínicas por viaturas da emissora. Disse também que a arquibancada vai ser reconstruída de modo reforçado para que não aconteçam outros acidentes semelhantes. Ao todo foram doze feridos, a maioria sem gravidade. Outra nota oficial da emissora diz que a Rede Plus se sente embaraçada pelo ocorrido.

REUNIÃO DE PRODUÇÃO

<u>Participantes</u>: Lima, o apresentador; Luísa, produtora; Graça, assistente de produção; René, diretor. Local: edifício da Rede Plus, na alameda Santos, sexto andar, sala 20. Dezenove horas.

<u>Lima:</u> Plurishop?

<u>Graça:</u> É isso aí.

<u>Lima:</u> Que coisa mais mixa!

<u>Graça:</u> Mas é o que é.

<u>Lima:</u> Quer dizer que o nosso patrocinador é essa Plurishop?

<u>René:</u> Não é tão mixo assim. É uma grande empresa.

<u>Lima:</u> Eu nunca tinha ouvido falar.

<u>Luísa:</u> Nem eu.

<u>René:</u> É americana. Especializada em televendas. A idéia deles é tentar fazer uma experiência pioneira de introduzir televendas por aqui. Quando a tevê a cabo chegar, eles vão ter um canal só deles. Por enquanto, estão fazendo um teste de mercado.

<u>Lima:</u> Mas nós vamos vender o quê?

<u>René:</u> Um monte de coisas.

<u>Lima:</u> Eu vou ter que vender? Eu não quero ficar vendendo nada.

<u>René:</u> Calma, vai ser introduzido aos poucos.

<u>Lima:</u> Plurishop?

<u>René:</u> É.

<u>Lima:</u> Plurishop?

<u>René:</u> Quer parar de ficar falando "Plurishop"?!

<u>Lima:</u> É que é muito decepcionante. Eu já estava acreditando mesmo naquela história do patrocinador misterioso.

<u>René:</u> Aqui o bicho pega. A coisa fugiu do controle... essa história aí do patrocinador misterioso.

Luísa: Ninguém esperava que fosse pegar tanto! O Lima é que começou a brincar com isso e pegou.

René: Gênio!

Lima: Não precisa beijar a minha testa.

René: Não é beijo. Estou tentando aspirar sua mente brilhante.

Lima: E por que só agora essa Plurishop resolveu dar as caras?

René: Isso tudo fazia parte. Foi um grande planejamento, uma coisa experimental. A idéia era criar um mistério, gerar uma expectativa.

Graça: Se foi isso, foi um sucesso completo.

René: Foi. E não pense você que foi no chute, não. Os caras estavam munidos de pesquisa, faziam monitoramento do trabalho, relatórios.

Luísa: Só não esperavam que o Lima fosse tão bom.

Graça: ... Estou sentindo um clima.

René: A Luísa está certa. O Lima superou as expectativas, embora seja um grande chato.

Lima: Obrigado, obrigado...

René: Na verdade, acho até que a chatice dele ajudou, nesse caso...

Lima: Não adianta massagear meu ego que eu não vou ficar vendendo nada. Eu sou pago para fazer entrevista.

René: Fica na sua que ninguém aqui nasceu ontem. Claro que a gente sabe disso. A coisa vai ser pré-gravada e vai entrar em vários inserts do programa. Já estão sendo produzidos. Você não vai vender nada, querido. Além disso, vai ter uma preparação.

Lima: Preparação?

René: Claro. Esse negócio do patrocinador misterioso foi muito forte. Eles vão trabalhar em cima dessa expectativa, vão revelar aos poucos.

Lima: Eles quem?

René: A equipe que está cuidando do marketing todo.

Lima: Para mim, eles são mais misteriosos do que o patrocinador misterioso.

Graça: É verdade... parece até uma coisa do outro mundo. Por que eles não vêm aqui?

René: Por que esse "eles" inclui uma agência de publicidade, uma empresa de consultoria, o pessoal de Maryland, onde fica a sede da empresa, alguns diretores da Plus. Podem ficar tranqüilos que eu filtro tudo e trago mastigadinho pra vocês, certo, meus queridos?

Lima: Mas o patrocinador misterioso ser Plurishop vai ser decepcionante.

René: Qualquer coisa ia ser decepcionante, depois desse patrocinador que você acabou criando.

Lima: Eu gostava do patrocinador misterioso.

René: Eu gostava de acreditar em Papai Noel.

Lima: Será que esse Plurishop não vai... sei lá... azarar tudo?

René: Essa Plurishop é a razão de a gente estar aqui agora, recebendo, certo? Não se preocupe, Lima. Vai dar tudo certo.

Lima: É que o programa já tinha uma cara...

René: E vai continuar tendo.

Lima: Você leu aquela crítica... aquela coisa do trash...

René: Aquela crítica é uma merda.

Luísa: Credo, René, o cara falou bem da gente.

René: Estou me lixando. Você acha que aumentou ibope por causa dele? Foi o cara que pegou carona na gente.

Lima: Não sei... teve gente que leu, sim.

René: Aquilo não é nada, não interessa. Se ele tivesse falado muito mal, se tivesse jogado a gente no esgoto com letras garrafais, aí sim, ia ter prestado um favor. Ia gerar polêmica. Mas não... ficou naquele nhenhenhém... Não sacou o mais importante.

Lima:	Que é...
René:	Que é o coração da coisa.
Lima:	Qual seja...
René:	O conceito fundamental do nosso show, a base do sucesso. A filosofia por trás de tudo.
Lima:	Eu juro que não sei do que você está falando.
René:	Estou falando de encantamento, Lima. E também de carência. É esse o tema do nosso programa: encantamento e carência.
Lima:	Desenvolva.
René:	Ah, Lima, você, mais do que ninguém, sabe disso. Você não tem entrevistado essa gente, toda madrugada? O que as pessoas procuram? O que não têm. É esse buraco no meio do peito. E não adianta preencher só com coisas razoáveis. As pessoas querem preencher a carência com encantamento. Querem algo único.
Graça:	Bonito isso, René.
René:	Bonito? É do cacete!
Luísa:	Pronto. Já não parece mais tão bonito.
René:	E você, Lima, Liminha, Limão. Você dá uma carga de dramaticidade incrível para essas carências todas, quando banca o cético.
Lima:	Eu não banco nada. Experimenta ouvir aquelas baboseiras todas as noites. E depois a gente nem sabe mais se aquela gente lá não está inventando aquilo tudo.
René:	E se estiver? Mesmo que a pessoa estiver inventando, ela acaba revelando a sua fantasia. Por isso, é incrível. Nós, queridos, nós somos a reserva de encantamento.
Lima:	Nós, quem?
René:	Nós, oras, quem mais poderia ser?
Lima:	A Plurishop, oras.
René:	Percebi alguma ironia na sua voz?

Lima: Só quero saber quando essa Plurishop vai começar a anunciar. Hoje?

René: Não... Os inserts ainda estão sendo editados. Vão entrar no programa de amanhã.

Lima: E a arquibancada. Foi reforçada?

Graça: Foi, sim, Lima. Pode cair uma bomba em cima dela, agora!

René: Reunião encerrada. Vamos comer alguma coisa.

(eles saem)

Procura

De: Gaivota, butique de roupas esportivas. Rua Domingos de
    Moraes, Vila Mariana
Para: Ônix Confecções. Rua José Paulino, Bom Retiro

Caro senhor Leirner,
Devido à grande procura, esgotou-se rapidamente o nosso estoque de camisetas e bonés com o logotipo *ASSOMBROS NA MADRUGADA*. Gostaria de pedir mais duzentas peças de tamanhos variados. Seria possível que a entrega fosse efetuada antes do fim de semana?

Luís Vidal

De: Ônix Confecções. Rua José Paulino, Bom Retiro
Para: Gaivota, butique de roupas esportivas. Rua Domingos de
       Moraes, Vila Mariana

Caro senhor Luís Vidal,
Infelizmente não podemos atender ao seu pedido de remessa antes do fim de semana, pois não estamos dando conta da produção e existem muitos pedidos na frente. Mas já contratamos mais funcionários e para a semana que vem, com toda a certeza, poderemos fazer a remessa com a maior rapidez. Desculpe o incômodo. E também queria informar que, devido à inflação, vai haver um aumento de dois cruzados por peça. Obrigado.

Joseph Leirner

A fala da cidade

(dois seguranças de uma empresa, durante a madrugada)

Segurança 1:   Que horas são?

Segurança 2:   Uma e meia.

Segurança 1:   Está tudo certo por aí?

Segurança 2:   Tudo tranqüilo, acabei de fazer uma ronda no quarto e no quinto andar.

Segurança 1:   Aqui no monitoramento também está tudo o.k.

Segurança 2:   Daqui a pouco vai começar o *Assombros*!

Segurança 1:   É. E hoje vão dizer quem é o patrocinador misterioso.

Segurança 2:   Bom, a televisão já está instalada. Vou colocar a pizza no microondas do refeitório e já volto. As cervas também estão lá na geladeira.

Segurança 1:   Boa! Vai lá, vai lá... estou com fome.

(o Segurança 2 vai saindo)

Segurança 1:	Pera lá!... Sujou!
Segurança 2:	O que foi?
Segurança 1:	Olha lá no monitor! Tem alguém forçando a janela na galeria leste!
Segurança 2:	Filha de uma mãe! Estou trabalhando aqui há três meses e justo hoje tinha que ter um assalto!
Segurança 1:	Calma. Já disparei o alarme da delegacia. Vamos ver se a gente enquadra o cara antes de começar o programa.
Segurança 2:	Vamos lá.

VINHETA DE ABERTURA <u>ASSOMBROS NA MADRUGADA</u> — 00:15'

ABERTURA NO CENÁRIO

CÂMERA ABRE EM PLANO GERAL SOBRE O CENÁRIO. O CORTINADO SE ABRE E ENTRAM AS VAMPIRELAS COM A COREOGRAFIA DA CAN- ÇÃO <u>ASSOMBROS NA MADRUGADA</u>.

ENTRADA DE LIMA

AO FINAL DA COREOGRAFIA, ACONTECE O JORRO DE FUMAÇA E LIMA SURGE NA GRANDE PORTA CENTRAL, QUE IMITA UM SARCÓFA- GO EGÍPCIO. VAI ATÉ O PEQUENO PÚLPITO, COM O CANHÃO DE LUZ SEGUINDO SUA TRAJETÓRIA. A CÂMERA CORRIGE O ENQUADRA- MENTO COM O AUXÍLIO DA GRUA, MOSTRANDO UM PLANO GERAL COM DETALHE DO AUDITÓRIO. SOBE PLACA: "PALMAS". PÚBLICO APLAUDE A ENTRADA DE LIMA.

LIMA   Boa noite, amigos, amigas, vamos iniciar mais um <u>As- sombros na madrugada</u>. Quer dizer, mais um não, porque hoje vai ser uma noite muito especial. Hoje nós vamos finalmente apresentar o nosso patrocinador misterioso.

SOBE PLACA "APLAUSOS".

LIMA   Em relação a isso, eu gostaria de dizer que sigo uma regra na minha vida que é: quanto menor a expectati- va, menor a decepção. O quê? Desculpem, mas nosso diretor, o René, está acenando para mim. O que foi, René? Para eu não enrolar? Tudo bem. Então soem os tambores porque agora todos vão saber quem é que estava por trás deste programa...

ENTRA UMA SONOPLASTIA GRANDIOSA.

INSERT PLURISHOP #1 = QUADRO PRÉ-GRAVADO COM A APRESEN-TAÇÃO DA PLURISHOP E O SISTEMA DE TELEVENDAS — 00:05'

VINHETA ASSOMBROS NA MADRUGADA

VOLTA PARA LIMA. SOBE PLACA "APLAUSOS".

LIMA   Gostaram? Bem... graças à Plurishop, nós temos aqui o nosso programinha toda madrugada e, como se costuma dizer, garantimos o leitinho das crianças, embora eu, particularmente, não tenha filhos, mas essa é uma outra história. O quê? Certo, certo... É o René novamente. Prometo não enrolar mais, René. E nenhum pio sobre nosso patrocinador que, a partir de hoje, não é mais misterioso. E, isso posto, vamos a nossa entrevista desta madrugada. Como? Ah... antes temos outro insert da Plurishop.

INSERT PLURISHOP #2 = PRODUTOS DE COZINHA, KIT MULTIUSO, FACAS, BATEDEIRAS, PANELAS — 00:03'

VINHETA ASSOMBROS NA MADRUGADA.

VOLTA PARA LIMA. SOBE PLACA "APLAUSOS".

LIMA   Muito bem... guardem seus cartões de crédito agora, que finalmente vamos começar a nossa entrevista. Hoje temos aqui o senhor... Fagundes Tibiriçá. Pode entrar, senhor Fagundes.

O SENHOR FAGUNDES ENTRA, ACOMPANHADO POR UMA VAMPIRELA QUE O CONDUZ ATÉ SEU LUGAR.

LIMA   Boa noite, senhor Fagundes.

FAGUNDES   Boa noite, caro Lima.

LIMA   Pelo que eu tenho anotado aqui, o senhor é fiscal sanitário.

FAGUNDES   Exatamente.

LIMA   Quer dizer... o senhor fiscaliza a higiene de restaurantes, bares e todo tipo de espelunca onde se bebe e se come.

FAGUNDES   Sim, essa é a minha especialidade.

LIMA   Deve ter visto muita coisa feia por aí.

FAGUNDES   Nem me fale.

LIMA   Mas a minha intuição me diz que o senhor não veio aqui falar de sujeira, ratos, baratas, dedos inflamados em caldeirões de sopa e cozinheiros gripados espirrando em cima de algum suflê.

FAGUNDES   Não. De fato, não.

LIMA   Claro. E, então, o que o traz aqui até o nosso humilde programa?

FAGUNDES   Bem, trata-se na verdade de algo relacionado ao meu trabalho, mas de algo que... como dizer... fugiu ao controle. Quero também fazer um alerta à população.

LIMA   Pois faça.

FAGUNDES   Vou falar sobre sanduíches. Quer dizer, sobre um tipo de sanduíche em especial.

LIMA   Sanduíche?

FAGUNDES   É. É muito importante que todos tenham muito cuidado quando forem a alguma lanchonete comer sanduíche.

LIMA   Sei que vou me arrepender de perguntar, mas vá lá... sou pago para isso: por quê?

FAGUNDES Porque existe uma criatura terrível, terrível mesmo, um ser muito agressivo, contundente, que se faz passar por sanduíche.

LIMA Uma criatura que se disfarça de sanduíche?

FAGUNDES Para ser sincero, como é algo muito novo, eu não sei dizer ao certo se é uma criatura que se disfarça de sanduíche ou se é uma espécie de evolução natural dos sanduíches.

LIMA Você quer dizer que os sanduíches também estão vinculados à lei da evolução?

FAGUNDES Eu disse "talvez". Não quero passar aqui por nenhum charlatão.

LIMA Com certeza apreciamos demais o seu rigor científico. Bem, mas e daí... o que fazem esses sanduíches?

FAGUNDES Eles mordem. E podem mesmo matar.

LIMA Matar? Um sanduíche? O senhor tem certeza?

FAGUNDES Já existem casos de mortes. Mas a Polícia Federal está tentando manter sigilo para não causar pânico na população.

LIMA E o senhor, pelo jeito, está no firme propósito de nos aterrorizar.

FAGUNDES Não, caro Lima. Estou fazendo o que qualquer pessoa dotada de um mínimo de senso de humanidade faria em meu lugar, ao saber de algo assim. Estou alertando as pessoas.

LIMA Muito bem. E nós agradecemos. Então, explique. Como pode um sanduíche matar? Quer dizer... espere um pouco que lá vai mais um insert da Plurishop.

INSERT PLURISHOP #3 = PRODUTOS DE FITNESS, APARELHOS DE GINÁSTICA, TÊNIS — 00:03'

VINHETA ASSOMBROS NA MADRUGADA.

VOLTA PARA LIMA.

LIMA Voltamos então para a nossa entrevista. Para quem ligou a televisão agora, o senhor Fagundes está falando sobre misteriosos sanduíches assassinos. Explique-nos, senhor Fagundes... como pode um sanduíche matar?

FAGUNDES Veja bem, esse pseudo-sanduíche é em tudo parecido com um sanduíche comum, um cheeseburger, por exemplo. Só que, escondido no meio da alface, tem dois olhos muito pequenos, quase imperceptíveis. E as duas fatias de pão são, na verdade, uma boca que esconde dentes pontiagudos.

LIMA O que eu tenho de ouvir, noite após noite...

FAGUNDES Mas é verdade, caro Lima. Esse sanduíche pode ser de extremo perigo. Tanto que eu o batizei de cheese-horror.

LIMA Cheese-horror?

FAGUNDES É um nome provisório, até conseguirmos uma definição mais apurada.

LIMA E o senhor já foi atacado por um desses sanduíches, senhor Fagundes?

O SENHOR FAGUNDES MOSTRA A MÃO, ONDE FALTA O DEDO MÉDIO.

FAGUNDES Sim. E o desgraçado me arrancou um dedo.

LIMA O senhor está falando sério?

FAGUNDES Só eu sei o terror que vivi, quando vi aqueles olhinhos malignos e o salto que ele deu na minha direção. A intenção dele era me atingir o pescoço. Mas eu consegui impedir com a mão, o que me custou esse dedo.

LIMA É um sanduíche vampiro!

FAGUNDES Exatamente. Por isso mesmo resolvi fazer uma cruzada de esclarecimento sobre esse monstro das lanchonetes.

LIMA Muito louvável da sua parte. Então diga: o que o consumidor de sanduíche deve fazer, para não cair nas garras de um cheese-horror?

FAGUNDES Boa pergunta. Em primeiro lugar, pedir sanduíches sem alface. O cheese-horror utiliza sempre essa camuflagem.

LIMA Mas no caso de a pessoa gostar muito de alface no seu sanduíche?

FAGUNDES Bem... ela aí se encontra no grupo de risco. Mas algumas medidas podem ser tomadas.

LIMA Quais sejam...

FAGUNDES Quando o garçom trouxer o seu sanduíche, não vá pegando ele logo de cara. Espere um pouco. Aguarde um instante. Olhe bem para ele. Dê uma geral no jeitão do sanduíche. O ideal mesmo é você tentar entabular uma conversa com ele. Diga alguma coisa... um "boa-noite", algum comentário sobre o tempo, sobre o jogo da seleção, qualquer coisa! Se — veja bem —, SE você obtiver alguma resposta por parte do sanduíche, MESMO que seja uma resposta vaga, saia de perto na mesma hora, procure evacuar a área, avise o gerente da lanchonete que ele saberá o que fazer. Há uma linha direta dos estabelecimentos que servem sanduíches com uma agência da Polícia Federal.

LIMA PERMANECE ALGUM TEMPO OLHANDO PARA O SENHOR FAGUNDES, COM EXPRESSÃO ATÔNITA.

LIMA Senhor Fagundes, o senhor está gozando da minha cara, não está?

FAGUNDES Claro que não, Lima.

LIMA	Ei, câmera! Dá um close aqui no Fagundes. Olha só a cara do cínico. É um gozador. Você deve ter inventado essa história para vir aqui fazer um charme, não foi? Para aparecer um pouco na televisão...
FAGUNDES	Juro que nunca falei tão sério em toda a minha vida.
LIMA	Bem, tanto faz. Vamos fingir que ele está falando a sério e adotar uma atitude segura quando estivermos em alguma lanchonete. Desconfie do seu sanduíche ou poderá ser devorado por ele.
FAGUNDES	Isso mesmo.
LIMA	Está dado o recado. Palmas para o senhor Fagundes.

SOBE PLACA "PALMAS".

VINHETA DE ENCERRAMENTO <u>ASSOMBROS NA MADRUGADA</u>.

A fala da cidade

<u>(duas mulheres ao telefone, dez horas da manhã)</u>

Mulher 1: Você está brincando, Cláudia. Eu sempre achei o Osmar tão ponderado.

Mulher 2: Ponderado? Você está brincando, Lia. O Osmar é pão-duro mesmo. Eu também achei que conhecia bem o meu marido. Mas ontem à noite não sei o que foi que deu nele.

Mulher 1: Foi assim... de repente?

Mulher 2: De repente, menina. Bom, eu estava dormindo, não vi o que aconteceu. Só sei que ele me acordou, lá pelas três e meia da manhã, com insônia total. Disse que tinha comprado uma porção de coisas: facas, carteira, até um aparelho de ginástica.

Mulher 1: Mas por quê?

Mulher 2: Sei lá. O pior é que ele fica me regulando o cartão de crédito. Agora comprou uma porção de bagulho. Ah... comprou um "cinto emagrecedor". Um cinto emagrecedor! O Osmar, Lia. Fiquei até com a pulga atrás da orelha. Acho que ele deve estar com alguma dessas crises de idade, sei lá. Li numa revista sobre isso. Acontece na maturidade.

Mulher 1: Para mim ele teve foi uma crise de compulsão. Eu estava vendo o programa. Dá vontade mesmo de comprar aquelas bugigangas. Eu mesma tive que me conter. Não sei se é o horário em que passa o negócio.

Mulher 2: Como assim? O que tem a ver o horário?

Mulher 1: Não sei. Acho que de madrugada a gente baixa a guarda. Eu quase comprei um ralador de legumes.

Mulher 2: Mas que negócio é esse de televendas? Não era um tal de patrocinador misterioso, que ninguém sabia quem era?

Mulher 1: Então, mas ontem se revelou. Quer dizer... é legal, mas não sei. Eu gostava mais quando era esse tal patrocinador misterioso... Bom, mas claro que alguém tem que faturar.

Mulher 2: Falando nisso, deixa eu tentar ligar para essa tal Plurishop para cancelar as compras do Osmar.

Mulher 1: Mas por que ele não faz isso?

Mulher 2: Tem vergonha. Homem é assim, querida. São almas delicadas. Alguém tem que fazer o serviço sujo. Um beijo.

Mulher 1: Um beijo pra você também.

REUNIÃO DE PRODUÇÃO

<u>Participantes: Lima, o apresentador; Luísa, produtora; Graça, assistente de produção; René; o diretor. Local: edifício da Rede Plus, na alameda Santos, sexto andar, sala 19. Treze horas.</u>

<u>René:</u> Sucesso! Média dezoito, pico de vinte! A estréia dos inserts da Plurishop foi um sucesso!

(Graça solta um grito fino)

<u>Lima:</u> Eu não gostei.

<u>René:</u> Claro que não. Eu já sabia disso quando ainda estava no ventre da minha mãe. Ela passava a mão na barriga e eu pensava: um dia eu vou sair daqui e vou fazer muito sucesso na vida. Mas o Lima vai tentar estragar a minha sensação de triunfo!

<u>Graça:</u> Mas você não pode reclamar, René. O fato de o Lima ser assim azedo é uma das causas de a gente ser esse sucesso.

<u>René:</u> Fazer o quê. Nada é perfeito.

<u>Lima:</u> Gostaria de lembrar que eu ainda estou na sala.

<u>Luísa:</u> Entendo o que o Lima quer dizer. Aqueles inserts mostrando os produtos quebram uma coisa que o programa tinha.

<u>René:</u> Tem gente que gosta, querida. Olha aqui os números, que não deixam mentir.

<u>Lima:</u> Calma lá, René. Claro que foi muito assistido. Ontem foi a revelação do patrocinador misterioso. Tinha que dar isso aí. Mas pra mim foi uma ducha de água fria, depois de tanta expectativa. Precisa ver agora a resposta, se vai manter...

<u>René:</u> Vira essa boca pra lá.

(René bate três vezes na madeira)

Lima: Bom, pelo menos a arquibancada não caiu.
Graça: E não vai cair mais.

(Graça bate três vezes na madeira)

Lima: Não sei... eu preferia como era antes.
René: Você vai sempre preferir como era antes. Antes é um lugar sempre mais seguro do que agora, Lima.
Graça: Gostei dessa, René. Como é? Repete...

(Graça anota num canto da sua agenda)

René: "Antes é um lugar sempre mais seguro do que agora." Nós somos surfistas, queridos. A onda que passou e a onda que vai chegar não interessam. A única coisa que interessa é estar equilibrado em cima dessa onda em que a gente está agora.
Graça: Lindo...
Luísa: O certo é que, gostemos ou não, a partir de agora vamos ter sempre os inserts da Plurishop.
René: Falando nisso, vocês viram as camisetas e os bonés?
Luísa: Impressionante. Está todo mundo usando.
Lima: Pois me deu medo.
Graça: Medo da camiseta?
Lima: Sei lá, ontem eu fui até a Paulista e para todo lugar que eu olhava via bonezinho do Assombros, camiseta do Assombros. Me deu até vontade de virar...
Graça: Monge trapista!
Lima: É sério. Fiquei assustado.
Graça: É o primeiro caso de repulsa a roupa que eu conheço.

René: Esse é o meu Limão: sempre azedo!

Lima: Vão tirando sarro. E falando em entrevistados, a Luísa falou pra você daquele meu vizinho, René?

René: Falou, mas eu esqueci. O que ele tem, mesmo?

Lima: É o síndico do prédio. Tem aquários. Ele quer falar sobre os aquários dele. Está me enchendo com essa história.

René: Mas o que isso tem de mais? Muita gente tem aquário.

Luísa: Ele tem muuuitos aquários no apartamento dele. Muuuuitos...

René: Está começando a ficar interessante. A regra de ouro é: se um cachorro morde um homem, não é notícia. Se um homem morde um cachorro, é notícia.

Lima: Seria bom. Assim ele largava do meu pé. Sempre que eu passo para pegar o elevador, já aparece a carinha dele na porta. Parece que fica vigiando. Não agüento mais a ansiedade dele, querendo saber se eu consegui.

René: Tudo bem. A gente quebra essa. Traz o homem do aquário. Mas é bom trazer alguma outra coisa quente. Vai que o cara é um chato.

Graça: E outra coisa, Lima, eu falei com o Sílvio outra vez e ele me garantiu de pé junto que não foi ele que pichou "Montezuma" no muro do seu prédio.

Luísa: Mas deve ter sido alguém daqui. Essa história se espalhou aqui dentro. O pessoal da técnica agora fica gritando "Montezuma!" toda hora.

Graça: Pode ser o boy, o Zezinho.

Luísa: Por que você acha isso?

Graça: Sei lá, ele tem cara de pichador. E não vai com a cara do Lima.

Lima: Ele não vai com a minha cara? Por quê?

René: Querido... tem pessoas que gostam de que sorriam para elas de vez em quando.

Lima:	Tudo bem, mas pichar o meu prédio é demais.
Luísa:	Pode deixar, Lima. Eu vou averiguar isso direito. Vamos?
Lima:	Vamos.
René:	Vocês vão aonde?
Lima:	E interessa?
René:	Desculpee... nossa!
Luísa:	A gente vai almoçar num lugar aí.
Graça:	Que lindo...
Lima:	Tchau... até de madrugada.
Graça:	Tchau.
René:	Tchau. Ah, Lima?
Lima:	Que foi?
René:	Montezuuumaaaa!!!!!

(René e Graça caem na risada)

O círculo fraterno e a fondue

Alto inverno paulista. Dez graus. Lima convidou alguns velhos amigos para jantar. Tutti, Graziella, Fera. E Luísa. Fondue: estavam todos dispostos num círculo em volta da mesa sobre a qual crepitava o aparelho. E havia uma espécie de aconchego. Mais ainda: a reminiscência do aconchego. Todos já haviam comido e bebido bastante, e naquele momento ninguém falava. Era quase um pacto de silêncio, como se estivessem desfrutando o momento, distantes dos laços familiares que encadeavam o mundo. Sem pais, sem filhos. Sem primos, tios, cunhados, sogras, noras, avós. Sem laços atávicos, heranças de sangue e tragédia grega. Um bando de amigos num mundo urbano, longe do campo, do severo patriarcalismo e do possessivo matriarcado. Despregados, desamarrados, figuras destacadas do fundo, como grafites soltos contra o cinza neutro dos muros. O mundo era o fundo.

O silêncio era como uma bolha, que podia ser rompida ao som de um simples vocábulo. E foi o Fera quem explodiu a tênue casca da quietude com uma torrente de histórias antigas, da outra década. Lembraram detalhes de coisas esquecidas, abriram o baú das recordações comuns. O riso cristalino da Luísa ecoava, enquanto Fera narrava as atribulações do Lima: o dia do uivo no restaurante, o dia em que ele pegou fogo no teatro, o dia disso, o dia daquilo. E também de Graziella e Tutti, como e quando eles tinham se conhecido, pois Luísa se encantara com o fato de os dois estarem fazia tanto tempo juntos. Hoje em dia! E Tutti começou a falar do Gouveia. O do grito primal. Pois não é que encontrara o Gouveia perto da praça Roosevelt? Morava no prédio do antigo cine Bijou, lembram do cine Bijou? Bem mais velho, careca no alto da cabeça, melenas brancas nas frontes. Louquinho, louquinho. Cheio de teorias da conspiração. Disse para o Tutti que a CIA estava monitorando a cabeça dele.

Silêncio constrangido. A bolha voltou a se formar sobre a mesa. E havia naquele silêncio, além de constrangimento, uma perplexidade. Como se estivessem refletindo sobre a mesma coisa, cada um por si. Ou, talvez, não fosse bem uma reflexão. Talvez fosse aquela contemplação cheia de pasmo não de algo específico, mas de um conjunto de coisas, o tipo do espanto que ocorre quando a memória descobre que já usa décadas, e não anos, como parâmetro.

Foi a vez de Tutti explodir a bolha, falando do seu último trabalho: um monólogo que se passava dentro da cabeça de uma doente terminal, interpretado pela Graziella e encenado numa ala hospitalar. Ele estava visivelmente aborrecido com alguns comentários de que havia alguma coisa envelhecida na montagem. Então houve um coro de protesto vindo dos amigos, um coro veemente, forte, protetor, que procurava reforçar o círculo fraterno e expulsar dele qualquer maldade que pudesse vir de fora. E o nome da pessoa que fez o comentário destrutivo foi ele mesmo alvo de uma destruição inclemente. E Tutti sentiu-se reconfortado, o ego recomposto em suas partes.

Súbito silêncio. Novamente a bolha se estendeu, envolvendo a mesa e os amigos. Novo pasmo. Como se apesar do apoio unânime ao amigo, alguma dúvida inconfessa tivesse ficado num desvão da consciência e cada um ruminasse por si as mudanças de percepção que o tempo impunha a todos. Sentiam-se, talvez, como num interregno entre um tempo já vivido e outro ainda por vir, com um receio instintivo de que fosse um tempo estranho ao que já conheciam e com pavor de começar a falar coisas como "no nosso tempo".

Então o Fera, que tinha ido até a cozinha apanhar um copo, furou a bolha de silêncio uma vez mais, escandalizado, querendo saber que rachadura imensa era aquela na parede da copa. Lima foi obrigado a contar toda a história da construção ao lado, e todos ergueram a voz em novo protesto igualmente indignado, e Luísa quis saber se aquilo não era perigoso. Todos ouviram um Lima entediado com o assunto dizer que já havia sido formada uma comissão, chefiada por um dos moradores do Saturno, advogado, comissão essa que tinha ido conversar com a construtora da obra. Parece que iam vir alguns engenheiros analisar a gravidade do incidente e estudar se aquilo poderia ter algum efeito estrutural.

Silêncio receoso. Como se ninguém quisesse prolongar o raciocínio até as conseqüências finais. Silêncio que foi quebrado, dessa vez, pela estridente campainha. Era o seu Mário, dos aquários, que iria ser entrevistado pelo Lima no *Assombros*. Luísa lembrou que estava na hora de irem para o estúdio. Desceram. Abraços apertados e promessas de breves reencontros cortaram o ar frio da quase-madrugada. Cada um tomou o seu rumo pelas ruas do mundo. A bolha explodiu em milhares de partículas: estava rompido o círculo fraterno.

DIÁRIO DE SATURNO

<u>Sexta-feira 13</u> — parte 2: o pesadelo continua.

O seu Mário transbordou. Depois que apareceu no <u>Assombros</u>, ficou impossível. Virou o popular. O rei da cocada preta. Ou melhor, o rei da padaria, porque passa metade do dia por lá, jogando conversa fora. Agora virou o quente do pedaço. Já deu até autógrafo na rua! Incrível: saiu uma matéria sobre ele no jornal do bairro. Ele veio me mostrar, todo altaneiro. A dona Maria disse que lá em Tatuí, para onde vão sempre, visitar familiares, foi uma loucura. Que a cidade parou. E não fica por aí: agora ele vem quase todo dia ao meu apartamento, como se a gente fosse colega de trabalho. Fica contando das pessoas que o reconheceram na rua. E não pára de falar de aquário. O pior é que a entrevista não foi muito boa. O René odiou. Proclamou como uma das mais chatas de toda a história do programa.

E não é que o seu Mário voltou à carga? Sugeriu outro dia que bem que podia voltar, para outra entrevista. Gostou da brincadeira. E está levando a sério sua figura pública: não pára mais de comprar aquário. Está absurdando. A dona Maria me olha com uma expressão um tanto acusadora, porque depois da entrevista aumentou esse negócio de ele querer ficar comprando peixe, aquário e toda aquela tranqueira. O seu Mário me levou lá para mostrar as novas aquisições, uns peixes muito bonitos, de tudo que é tipo, forma e cor. Acho que pra ver se eu me animava a convidar ele de novo. Não tem mais nenhum lugar na casa em que não haja um aquário. Não sei por que veio essa imagem na minha cabeça, mas parece uma catedral submarina.

Fora o seu Mário, a vida social continua intensa no Saturno, por conta do <u>Assombros</u>. Já fui em não sei quantas escolas de filhos de vizinhos aqui do prédio, os filhotes todos querendo me exibir. Barco furado: numa classe, um menino me olhou na cara e disse que de perto eu era muito sem graça. E eu lá, ouvindo aquilo com cara de banana.

O pior mesmo é a Coisa Mais Fofa, a Lidiane. A mãe dela descobriu que vão fazer um programa infantil na Rede Plus: O castelinho mágico. E já está de marcação, porque vai ter teste com crianças.

Não esquecer... AMANHÃ: Falar com Graça para agendar o teste da Lidiane.

O chato é que a dona Lílian acha que a menina já passou, por causa do meu apadrinhamento. Fala com todo mundo como se a filha já fizesse parte da programação da emissora.

Esse negócio está ficando insustentável. E ainda tem a Luísa... a Luísa... o que fazer? Ela está indo depressa demais. Fica tentando me entrosar com o filho... não sei... não sei... não sei... não sei... Só sei que o sono não vem. Nem um pingo de sono. Acho que vou dar um pulinho no mercado 24 horas. Preciso fazer umas compras.

MANCHETE
Jornal "Diário do Povo"

APRESENTADOR DA TELEVISÃO SOFRE ATAQUE DE MANÍACO

Na madrugada de ontem, o apresentador Luís Lima Vidigal (idade indefinida), conhecido do show *Assombros na madrugada*, apresentou queixa na 74ª DP, reclamando de um ataque sofrido quando saía do seu prédio. Segundo Lima, como é conhecido no meio artístico, um homem saltou sobre ele aos gritos de "Montezuma" e tentou decapitá-lo com um punhal asteca. O apresentador disse que conseguiu escapar com muito esforço e correu, sempre com o maníaco em seu encalço, por vários quarteirões. A perseguição se deu em toda a extensão da avenida Angélica, na direção da avenida São João, onde, segundo Lima, o maníaco desapareceu subitamente. O delegado Mário Corrêa, 62 anos, disse que algumas testemunhas confirmaram a história e o punhal asteca, com o nome "Lima" gravado na lâmina, foi encontrado, de fato, nas proximidades do edifício Saturno, onde mora o apresentador. Prometeu que iria iniciar imediatamente uma apurada investigação do caso, segundo ele, atípico. O maníaco foi descrito como um tipo mediano, de cor indefinida, pois estava com o rosto coberto por uma maquiagem extravagante e um chapéu enfeitado com tiras de papel laminado. Trajava uma roupa velha e rasgada em várias partes. Um pouco mais calmo, embora ainda ofegante pelo grande percurso, Lima lamentou apenas a indiferença das pessoas do posto de gasolina, que ou não procuraram auxiliá-lo, apesar de seus gritos de socorro, ou riram, julgando tratar-se de alguma encenação.

Departamento de recursos humanos

<u>Contrato por Serviço Temporário</u>

Nome: Benjamim Seráfico
Idade: 29 anos
Profissão: Segurança
R.G.: 2.362.427
Carteira de Trabalho: 2292 — série A
Cor: Negra
Altura: 1,92 m
Peso: 98 quilos
Escolaridade: Primeiro Grau e Academia de Polícia
Cursos: Caratê, Tae kuon do, Luta Greco-Romana, Tiro ao Alvo, Filosofia Medieval.

Recomendações: Muito boas. Trabalhou na equipe de segurança pessoal do Prefeito anterior.

Designação: servir como guarda-costas do apresentador Luís Lima Vidigal até que a investigação sobre o maníaco "Montezuma" esteja encerrada.

Um telefonema

— Alô?

— Isolda?

— Lima? Lima... você sabe que horas são?

— Eu sei... é tarde, eu sei. Mil perdões. Mas eu estava precisando conversar com alguém. Você viu o programa hoje?

— Não, Lima... não vi. Estou numa correria doida, por causa de uma bolsa de estudos. Não dá para ficar acordada até tarde.

— Desculpe... mas eu fiquei chateado... Sabe, teve um lance lá, com um cara que foi entrevistado, um coitado. Mas mexeu comigo... não sei... às vezes eu tenho vontade de largar aquilo.

— De novo essa história?

— Às vezes volta a vontade...

— Larga então, ué.

— Você acha mesmo?

— Claro, se é uma coisa que está te incomodando tanto.

— É... a única coisa que pega é esse meu apartamento aqui, que eu preciso quitar.

— Mas você arranja outro trabalho...

— Será mesmo?

— Claro... você é famoso, agora, com certeza não...

— Não, Benjamim, não é nada.

— Como é?

— Nada. Estou falando com o Benjamim.

— Quem é Benjamim?

— É meu guarda-costas.

— Você tem um guarda-costas?

— É por causa do... você não soube do atentado?

— Lima, eu estou com a cabeça atrapalhada ultimamente, não vejo televisão, não leio jornal, nada. Estou atrás da papelada para a bolsa. Mas que atentado foi esse?

— É um louco aí, que tentou me agredir.

— Você se machucou?

— Não, não. Mas a emissora pôs um guarda-costas pra me proteger.

— Chato isso.

— Pois é.

(pausa)

— E essa bolsa aí, Isolda... Você vai prestar algum exame?

— Não, já prestei! Eu ganhei a bolsa de estudos.

— Ganhou?! Mas que maravilha, Isolda. Que coisa boa!

— Pois é. Estou muito feliz com isso.

— Para o que é?

— Ah... É um trabalho que eu sempre quis, uma graduação em História da Arte. Em Milão. Um ano!

— Um ano?

— Um ano... é uma escola muito boa.

— Milão?

— É.

— Um ano?

— Um ano...

— E o Duda, o que acha disso?

— O Duda... bem. Sabe... a gente... a gente está se separando.

(PAUSA)

— Lima?
— Quando foi isso?
— Está sendo. E é um assunto que eu não queria discutir, Lima. Me desculpe. É sério. Eu estou precisando dormir.
— Está certo. Boa noite, Isolda.
— Boa noite, Lima.

REUNIÃO DE PRODUÇÃO

Participantes: Lima, o apresentador; Luísa, produtora; Graça, assistente de produção; René, o diretor. Local: edifício da Rede Plus, na alameda Santos, sexto andar, sala 19. Vinte horas.

(Graça e Luísa aguardam a chegada de Lima e René)

Graça: ... Tá com uma carinha...
Luísa: Não é nada.
Graça: É o Lima, não é?
Luísa: É. É, sim.
Graça: Mas vocês estavam tão bem.
Luísa: Eu gosto dele. Gosto muito, sabe? Mas o Lima... Homem é uma coisa! Ô raça pra amadurecer. Qualquer um. O cara pode ter sessenta e poucos anos, ter um jeito sério e tudo. Mas é só você olhar bem que vai ver um garotinho com roupa de caubói, de astronauta, sei lá o quê...
Graça: Só. Se bem que eu não vejo o Lima de heroizinho. Parece mais um menininho com medo do escuro.

(As duas riem. René entra na sala)

René: Estão rindo de mim, suas víboras?
Luísa: Não, paranóico. Estamos falando do Lima.
Graça: E de como homem é duro pra amadurecer. Eu tinha um namorado antropólogo que dizia que era assim mesmo. Ele falava que a natureza dá uma mão pra nós, mulheres. A gente fica menstruada e já sabe que é mulher. Menino precisa de uma ajuda pra virar hominho, de um rito de passagem bem claro. Qualquer tribo mixuruca tem um. Mas no mundo atual as coisas ficaram embaralhadas...

René: Conversa pra boi dormir. Aposto que esse seu namorado tinha aprontado.

Graça: Que tinha, tinha...

(os três riem)

Graça: Pra mim, sabe o que é? Os homens estão assustados com a gente!

René: Humm... pretensiosa. Pois eu acho que o problema é outro: hoje em dia ninguém mais quer amadurecer. Quem quer? Esse negócio de amadurecer morreu de maduro. Agora, em relação ao Lima, aqui vai um conselho, querida. E eu sei bem das coisas. Enquanto vocês vão com a farinha, eu já voltei com o fubá. Daquele mato não sai coelho. Aquilo lá não vai se resolver nunca. Tem alguma coisa torta naquela cabeça. Vai por mim, Luísa: cai fora, muda de rumo, sai pra outra.

Luísa: Bem, minha vida sentimental não está na pauta da reunião. Certo?

René: Certo, mas infelizmente temos que continuar falando do Lima. Em primeiro lugar, ele está cada vez mais neurótico. Parece que tem oitenta anos. Reclama de tudo. Fica de rabugice. E a coisa está passando no ar. Antigamente ele pelo menos tinha mais humor. O fato é: caímos mais dois pontos.

(Lima entra na sala)

Lima: Claro, agora temos um concorrente.

René: Estava escutando na porta, é, ouvido de morfético?

Luísa: Você ouviu tudo?

Lima: Fica tranqüila. Só o final. Mas a minha orelha está ardendo...

René: O programa já não é o mesmo, Lima.

Lima: Claro que não. Agora tem inserts de vendas, agora está cheio de cenário, de tranqueira, de corista.

René: Isso só veio para melhorar. O que não está mais o mesmo é você. É o que eu estava falando, e falo sem pejo. Sem pejo é bom, né?

Lima: Discordo. Engraçado, porque quando você chegou a gente já estava subindo.

René: O que você quer dizer? Que eu derrubei o programa?

Luísa: Gente... gente... não é por aí.

Graça: É isso mesmo. Ninguém é culpado de nada. O Lima está estressado com aquela coisa do Montezuma atrás dele. Só isso.

Lima: Estou mesmo. Toda hora eu acho que o doido vai pular em cima de mim com um punhal asteca.

René: No qual está gravado o seu nome.

Graça: René...

Lima: Além disso... ficar o dia inteiro com um guarda-costas como sombra é horrível.

René: Por quê? Você devia estar mais tranqüilo com ele...

Lima: Vocês não sabem o que é ter um cara colado em você, dormindo na sua casa, almoçando com você, jantando com você. E fica toda hora: "cuidado, seu Lima", "tudo certo aí, seu Lima?", "deixa que eu vou na frente, seu Lima!". Outro dia, um mendigo se aproximou e o Benjamim quase atirou o pobre na outra calçada. Depois falava: "Foi mal, seu Lima!", "Falha nossa, seu Lima!", "É que eu me preocupo, seu Lima!".

Luísa: E conta a história dos papos. O Lima leva longos papos com ele.

Lima: É que o Benjamim sabe tudo de filosofia medieval, santo Tomás de Aquino, essas coisas...

René: Você precisa trazer ele aqui! Precisa entrevistar o cara.

Lima: Ele fez um curso como ouvinte na USP. O sonho dele era fazer filosofia pura, mas, como vem de família muito pobre, não conseguiu.

Graça: Que lindo...

René: Que lindo o quê, Graça? Que ele sabe filosofia medieval, ou que ele era pobre?

Graça: A coisa toda.

René: Está certo, Limão, eu vou dar um desconto para o Montezuma e para o papo do santo Tomás. Mas que a gente precisa fazer alguma coisa, precisa. O <u>Noite selvagem</u>, nosso concorrente, entrou numa linha de mostrar o lado proibido da noite e está fazendo coisas ousadas. Nosso programa é vitoriano, perto deles. É preciso dar uma acendida nas entrevistas.

Lima: As últimas entrevistas estão forçadas. Aquela do cheesehorror, por exemplo. Ficou na cara que aquele sujeitinho tinha inventado aquilo pra aparecer. Nem disfarçava um risinho debochado.

René: Concordo. Precisamos trazer coisas mais fortes.

Graça: Eu estou chegando no meu limite pra coisas absurdas. Tem uma hora que esgota.

René: Isso nunca esgota. Precisa procurar melhor. E, Luísa, vamos marcar com o cenógrafo, quero dar uma mexida no cenário, acender um pouco. Não vamos deixar a peteca cair, queridos.

Lima: Pois a minha já caiu.

(René faz um gesto de violinista)

René: Começou o melodrama...

Lima: É isso mesmo... acho que a coisa já deu...

Luísa: Calma, Lima. Você quer o quê, sair correndo, desistir?

Lima: Eu nem posso me dar ao luxo.

Luísa: Então.

Graça: É sim, Liminha. Vai passar esta fase do Montezuma... Logo pegam o cara, você vai ver.

Lima: Tomara. Mas só de saber que um cara que eu nem sei quem é chegou até mim!

René: Lima, pensa que você está na televisão. Um ponto de Ibope que seja, são milhares de aparelhos ligados. Alguém, em algum lugar remoto, está te assistindo. Todo tipo de gente... Uma pessoa quietinha, numa casinha de um cômodo só, numa rua sem calçamento, num bairro distante, para lá de Pirituba, está olhando você na televisão com intimidade. Você está a apenas alguns metros dela. Talvez você seja o ser humano mais próximo dessa pessoa. Ela pode estar se apaixonando por você. Ou pode, sei lá, estar cismando que você é o Mal!

Lima: Se você está dizendo isso para me animar...

René: Estou dizendo que faz parte. Tudo bem, você ficar preocupado com a sua segurança. Mas vamos parar com essa chorumela. Vamos parar com a deprê. Quem sai na chuva é pra se molhar. E bola pra frente: eu tive uma idéia pra cima. Andei falando com um pessoal aí, e vamos fazer um bloco carnavalesco.

Lima: Bloco carnavalesco?

René: É... Unidos do Assombro, ou alguma coisa assim...

Lima: Não gosto muito...

René: Que novidade. Mas vai ser bom. É mais pra agitar. Eles acharam bom. Vamos sair para as ruas fazendo o maior barulho.

Lima: Eu sou horrível sambando.

René: Isso não importa. Acho até legal você ser durão. É engraçado. Mas vamos fazer concurso de porta-bandeira, vamos fazer o maior agito...

Luísa: Mas o que isso tem a ver com o programa?

René: O bom desse programa é que tudo cabe.

Lima: Concordo com a Luísa. A gente começa a mexer muito e vai descaracterizando o programa.

René: Que nada! É só fazer uma letra que tem a ver. Eu fiquei animado. Adooro Carnaval.

Graça: Eu gosto. Qualquer coisa que movimente, que chame a atenção, é bom para o programa. Gostei de Unidos do Assombro. É a cara do programa, sim.

René: Obrigado, Graça. Aliás, eu tenho uma reunião com o diretor de programação. Quero ver se a gente entra antes do <u>Noite selvagem</u>. A gente se vê depois. Se cuidem.

(René sai da sala)

Lima: Antes que eu me esqueça. E o teste do <u>Castelinho mágico</u>?

Graça: Foi hoje à tarde. Mas a tua vizinha não passou. Como é mesmo o nome dela? A Lidiane!

Lima: Não me diga isso. A mãe dela vai me comer vivo.

Luísa: Não dava pra ter dado uma força, Graça?

Graça: Eu tentei, mas o diretor não gostou nem um pouco dela. Achou ela muito fraquinha. E aquela mãe...

Lima: A dona Lídia andou aprontando?

Graça: Não, mas é daquelas que ficam comandando a filha. O David, que está dirigindo, quando viu a mãe disse que nem que a menina fosse boa ele pegava. Trabalhar com mãe assim é uma errada. Depois elas ficam pegando no pé por qualquer coisa. E se a menina faz sucesso, então, aí a coisa complica.

Luísa: Fazer o quê, Lima. Não deu... não deu!

Lima: Quero ver como eu vou contar isso para aquela mulher. Ela vai pular no meu pescoço.

(Benjamim entra na sala)

Benjamim:	Tudo certo aí, seu Lima?
Lima:	Tudo certo, Benjamim. Aqui dentro está tudo bem.
Benjamim:	A coisa não é bem assim, seu Lima. Vai que eu me distraio um pouco e o cara vem e... zump, corta a sua cabeça. Já pensou, seu Lima?
Lima:	Você não me deixa "não pensar" nisso, Benjamim.
Benjamim:	Ah... seu Lima... só uma coisa...
Lima:	Que foi, Benjamim?
Benjamim	Eu não pude deixar de escutar o que vocês falaram aqui. O senhor sabe... eu estava ali na porta e tenho ouvido bom.
Lima:	Desculpe, Benjamim. Desculpa ter falado que eu não agüentava mais você o dia todo no meu pé. Não leva para o lado pessoal. Mas se ponha no meu lugar, eu...
Benjamim:	Não! Tudo bem, seu Lima. Eu entendo perfeitamente. O senhor está passando pelo maior estresse.
Lima:	O que você quer, então?
Benjamim:	É sobre o que vocês estavam falando aí, do bloco carnavalesco.
Lima:	O que é?
Benjamim:	Bom, é que eu, nas horas vagas, componho um sambinha ou outro.
Graça:	Você estuda filosofia medieval e compõe samba, Benjamim?
Benjamim:	Eu gosto muito. Sou puxador lá da escola do meu bairro. Saio todo ano. Será que o senhor não me dava essa chance, não? Estou querendo largar essa vida de segurança.
Lima:	Bem, não sei... o que vocês acham? O René não está aqui.
Graça:	Eu acho demais. Manda bala, Benjamim. A gente não promete nada, mas vamos dar uma forcinha.

Benjamim: Obrigado, gente... Com licença... Estou na lanchonete, seu Lima.

(Benjamim sai)

Graça: Também vou nessa... Beijinhos...

(Graça sai. Silêncio)

Luísa: Lima, eu...

Lima: Acho que a gente está precisando ter uma conversa, Luísa.

Jantar a dois

— Aqui, por favor.

O garçom levou o jovem casal até uma mesa de dois lugares, no centro da sala. A última mesa vaga da cantina. Quando sentaram, o rapaz segurou as mãos da moça e sorriu. Ela sorriu de volta. Estavam saindo juntos havia bem pouco tempo.

— Parece gostoso, aqui — a moça disse, enquanto olhava em volta, apreciando a decoração.

— A massa é muito boa.

— Tem muita cantina boa nesta região.

— E fazer o quê nesta cidade, senão comer?

Ela sorriu e continuou vasculhando a sala com olhar atento. Detinha-se em cada mesa, analisando bem as pessoas. Um vozerio indistinto mas bem-humorado preenchia o espaço. O garçom já aguardava os pedidos. Depois de analisar o menu com calma, escolheram nhoque ao funghi, spaghetti quatro queijos, antepasto, vinho da casa. O garçom anotou tudo, muito solícito, e quando virou as costas eles voltaram a entrelaçar as mãos.

Havia uma ansiedade disfarçada: os dois já tinham quase trinta anos e um histórico de não suportar relacionamentos longos. Talvez fossem muito exigentes. Sempre havia um detalhe físico ou psicológico nos respectivos namorados, algo sutil, mas que parecia determinante para um rompimento em geral prematuro: um jeito de falar, uma tendência do caráter, um corte de cabelo, um modo enervante de tossir. Agora apostavam as fichas naquele relacionamento. O início fora promissor.

— Aqui vem bastante artista, não vem? — ela perguntou, animada.

— Vem, sim. Eu mesmo já vi aqui muita gente de teatro, televisão. Até cantores.

— Mas hoje, acho que não tem ninguém — a moça disse, sem disfarçar a decepção. — Quem é aquele ali, no retrato?

— Não sei. Deve ser de teatro.

— Quem você já viu, aqui?

— Ah, muita gente. Vi... deixa eu ver... uma vez eu vi o Milton Nascimento. Não! Minto. O Milton eu vi em outro lugar.

— Tem certeza de que aqui vem artista?

— Claro. O lugar é famoso por isso.

Permaneceram mais um tempo em silêncio, ele sorrindo sempre, ela olhando para cada pessoa nova que entrava no restaurante, com uma expectativa mal disfarçada. O rapaz, por sua vez, não conseguia disfarçar a fome. Era gordinho para a idade. E ela, uma adepta da dieta e da ginástica. Tinham passado a tarde correndo no Ibirapuera. Quer dizer, ela corria. Ele se esforçava.

Não que o culturismo físico fosse uma novidade àquela altura do século, bem pelo contrário. Nem o cooper era mais novidade. Mas acontecia, então, o boom da ginástica aeróbica.

Academias espocavam em todas as esquinas da cidade, com nomes energéticos — obrigatoriamente em inglês —, tomando a forma de um novo culto. E havia um teor próprio nessa nova expressão corporal, uma agressividade calculada: não se tratava apenas de estar em forma, mas de preparar o corpo para a competição profissional. Havia menos devaneio e mais aquilo que os americanos costumam chamar *straight to the point*.

A tarde fora uma verdadeira tortura para o rapaz. Haviam feito o aquecimento e começado a correr juntos, mas logo ela disparara em passadas largas, deixando-o livre para fungar e bufar sem constrangimento. Ele não entendia como ela conseguia correr tanto. Sentia seu corpo como um instrumento de tortura, onde tudo doía miseravelmente. Mal chegara a duzentos metros, suas pernas pareciam ter cem quilos cada e não havia um só músculo em seu corpo que não suplicasse por clemência e absolvição. Chegou uma hora em que ele realmente não suportou mais e desabou num banco.

Como era bom sentar, encostar em alguma coisa, ser sustentado sem esforço por uma base sólida e, acima de tudo, não sentir dor... Mas a sede era implacável. Perto dele havia um carrinho de refrigerantes. Reunindo suas forças, foi até lá, disposto a tomar um refrigerante diet, que também era novidade recente. Ao lado havia uma carrocinha de sorvete, e seu olhar caiu sobre a mão de um menino, na qual um picolé multicor era rapidamente devorado por lambidas gulosas. Desejou intensamente aquele picolé. Mas precisava emagrecer.

Revoltou-se contra o despotismo dietético, contra um mundo que oferece picolés maravilhosos e depois olha com desprezo para a barriga dos que acumulam peso. E, revoltado contra tal mundo, contra tal crueldade existencial, contra os modelos impostos, foi até a carrocinha e pediu o tal picolé como se estivesse reassumindo uma dignidade de cidadão livre. Mas, ao voltar para o banco, lembrou-se da namorada, e um sentimento de fraqueza moral inundou-o por completo. Não que esse sentimento fosse intenso o bastante para fazê-lo desistir do sorvete. Só o suficiente para ele se deliciar completamente infeliz consigo mesmo.

Foi então que ouviu a voz da namorada chamando pelo seu nome e levou um susto. Ela vinha da direção oposta, como se estivesse voltando para o ponto de partida. E vinha veloz, refulgindo ao sol com aquele agasalho de Lycra prateado, aerodinâmico. O rapaz sentiu um rubor abrasar seu rosto. Olhou em volta e viu um lixão. O primeiro impulso foi atirar o resto do picolé no lixo, de um modo discreto. Mas o sorvete estava esplêndido, esplêndido como a tarde, esplêndido como a vida, e, não suportando desperdiçar o finalzinho, enfiou o que restava do picolé boca adentro, justamente na hora em que a namorada o alcançava. A moça estava tão cansada que se recostou no banco, fingindo não notar o filete colorido no queixo do namorado, nem sua voz estrangulada tentando deglutir, como uma cobra deglutiria um sapo, o resto do picolé entalado na garganta.

Por fim os pratos chegaram. Ele suspirou aliviado, pois não tinha posto nada na boca desde aquele picolé da tarde. Mas quando estava para dar a primeira garfada, ela soltou num gritinho abafado:

— Olha!

— O quê?

— Ali, naquela mesa — ela respondeu, em tom baixo. Ele se virou disfarçadamente. Olhou rápido e voltou para o seu prato, com expressão de dúvida.

— Quem é?

— É o... é o... como chama mesmo... aquele... Nossa!

Estou com o nome dele aqui... ele apresenta o... aquele programa que passa de madrugada.

— Qual? O *Assombros*?

— É! Lima! É o Lima, não é?

— Agora que você falou, acho que é, sim. Se bem que eu quase não assisto esse programa. Passa muito tarde — ele comentou, um tanto desinteressado, voltando a atenção para a massa fumegante à sua frente. Observou que ela nem tinha tocado na comida.

— É mesmo — ela respondeu, ainda analisando o apresentador com o canto dos olhos. — Eu até que assistia. Depois enjoei um pouco. Mas que legal. É legal ver artista de perto.

— Você não vai comer?

— Ah, vou, sim — a moça apanhou uma pequena quantidade do prato e levou até a boca, mastigando bem devagar, enquanto analisava a mesa onde o apresentador e a companheira jantavam.

— Quem será a moça que está com ele? Será artista também?

— Nunca vi.

— Será que fica chato eu pedir um autógrafo?

— Mas você gosta desse artista?

— Quer dizer... assim-assim. Mas é legal ver de perto. E depois, não tem outro mesmo.

— Não sei. Eles estão comendo agora... e estão conversando...

— Ah... mas é um instantinho só. Gente famosa está acostumada com isso.

— Então vai.

Ela apanhou um guardanapo de papel, revirou a bolsa em busca de uma caneta e levantou-se, caminhando decidida na direção do apresentador. O rapaz lançou uma olhada cheia de perplexidade para o prato mal tocado da companheira. Parecia ótimo. Degustava o seu com grandes garfadas e já havia aberto clareiras por onde podia ver a decoração da porcelana sob a massa antes compacta. Notou que a namorada estava diante de Lima, com um sorriso meio tímido, meio empolgado.

Afinal ela retornou, com expressão vitoriosa:

— Menino... você tinha que ver!

— O que aconteceu?

— Sabe aquela moça que está lá com o Lima?

— O que é que tem?

— Está chorando!

O rapaz teve um ato reflexo de virar o rosto rápido para constatar, mas, percebendo a gafe, desistiu.

— Chorando mesmo?

— Quer dizer, de leve. Está assim com os olhos... sabe quando fica cheio de água?

— Vai ver está gripada.

— Acho que não. Estava um clima, ali.

— Bom, vai ver estavam brigando. Gente famosa também briga, ué. E ela? É artista também?

— Não. Ela disse que é produtora do programa.

A moça permaneceu um pequeno tempo, ainda, contemplando o autógrafo. Depois guardou na bolsa. Mas continuava mais interessada na mesa do Lima do que na sua massa. Ia comendo bem devagar, mastigando bastante, com o olhar magnetizado pelo casal da televisão. Quando chegou no meio do prato, largou o garfo.

— Não gostou da comida? — o rapaz perguntou.

— Adorei. É que eu sou de comer pouco. Minha mãe sempre diz que eu tenho estômago de passarinho.

E, como notasse que o companheiro mantinha o olhar fixo na sua refeição inacabada, sugeriu:

— Quer terminar para mim?

— Você se importa?

— Claro que não.

Trocaram os pratos sutilmente de lugar e ele passou a comer com bastante entusiasmo o que restava do prato dela.

— Bom, este aqui, também.

— Não olha agora! — ela exclamou num sussurro.

— O que foi?

— Agora ela está chorando *mesmo*. Tem lágrima escorrendo no rosto dela.

— Jura? Assim... na frente de todo mundo?

— Ela está dando uma disfarçada com as mãos. Mas dá pra ver daqui.

— Cuidado para ela não ver você olhando.

— Pode deixar. E o Lima está bem constrangido. A coisa pegou. Olha... olha... não! Não olha!

— Que foi? Que foi?

— Ela se levantou da mesa!

— Está com a cara molhada?

— Não! Antes ela deu uma geral com o lenço. Agora está saindo. Está deixando ele sozinho!

— Jura? Então a coisa foi feia mesmo.

A moça seguiu com o olhar a companheira de Lima deixando o restaurante e depois virou novamente o rosto na direção do apresentador, ainda sentado no seu lugar, bebendo um copo de vinho lentamente, com expressão bastante aborrecida.

— É... — disse a moça, pensativa. — Fim de romance.

— A gente não sabe bem o que aconteceu ali.

— Ah... não dá outra. Posso ver na cara dele que foi isso.

Enquanto o rapaz terminava de comer, Lima, sempre acompanhado pelo olhar escrutador da moça, levantou-se, vestiu o paletó e saiu do restaurante olhando para o chão. Sem ter mais o que observar, a moça suspirou e voltou a atenção para o namorado. Pediram um sorvete de sobremesa e novamente ele terminou o dela. E na hora da conta ainda tomou um café.

Depois se foram, satisfeitos pelo acontecimento invulgar flagrado durante o jantar. Mas tampouco aquele romance teve futuro, pois os dois saíram da cantina com a imagem recíproca arranhada: ela achando que ele comia demais e ele achando que ela era deslumbrada além da conta.

Samba-enredo

Samba do Assombro
(tema musical para ser utilizado pelo Bloco Unidos do Assombros)

Letra e Música: Benjamim Seráfico

"*E aí... ai... e aí,*
Foi tão inesperadamente
Surpreendeu a toda gente
Esse programa anormal.
(sen-sa-ci-o-nal!)

Tem quem pensa que é um sonho,
Tem quem pensa que é piada,
Mas na verdade é um assombro:
Assombro na Madrugada!

Quem dormia despertou
E foi pra sala assistir
E ligou a televisão
E não voltou a dormir
Foi a tia, foi a avó
Foi o Chico, foi o Zé,
E a pergunta era uma só:
O que é que isso é? (bis)

E aí?
E aí... ai... e aí....
Foi tão inesperadamente
Surpreendeu a toda gente
Esse programa anormal.
(sen-sa-ci-o-nal!)

Tem quem pensa que é um sonho,
Tem quem pensa que é piada,
Mas na verdade é um assombro:
Assombro na Madrugada!

DIÁRIO DE SATURNO

Hoje finalmente aconteceu o:
"Retorno triunfal de seu Henri e dona Zuleide ao edifício Saturno."
Ou
"A segunda chance de Menelau."
Ou
"Zilda sob pressão."
Ou
"Não tem jeito, dona Zuleide, a senhora vai ter que provar o frango."
Ou
"Tudo isso graças ao sucesso do <u>Assombros</u>."
Ou
"Como influenciar pessoas mesmo não querendo."
Ou
"Ainda bem que o Benjamim estava lá."
Explico em detalhes:
Detalhe um: O que fez o seu Henri e a dona Zuleide aceitarem o temerário convite para um segundo almoço foi a minha presença. Nem tanto por ele, que não assiste televisão (só gosta de ópera, o metido), mas por ela, que, segundo o Menelau, é minha fã e gostaria de me ver de perto.

Detalhe dois: Só fui porque já tinha prometido. Estava (estou) muito chateado (a coisa toda com Luísa e mais o resto). Foi dureza ficar sorrindo, bancando a figurinha premiada para dona Zuleide. Tudo pela boa vizinhança.

Detalhe três: O Menelau sorria daquele jeito bonachão, mas estava mais teso do que um arco pronto para disparar uma flecha para o outro lado de despenhadeiro. E a Zilda também, parecia alguém se segurando para não rolar de um penhasco, segurando-se no último galho. Os dois eram a imagem do desespero contido, apostando tudo no almoço. Era uma questão de honra culinária.

Detalhe quatro: A dona Zuleide chegou com uma cara desconfiada. Sorriu ao me ver. A fama (minha) dava credibilidade ao ambiente. Só que o pescoço dela estava duro. Dormiu de mau jeito e acordou travada. Não conseguia nem olhar para os lados sem gemer. Para virar o rosto, tinha que virar o corpo todo, como se fosse um robô ou uma múmia.

Detalhe cinco: O Menelau me puxou num canto e choramingou: "Só comigo acontece isso. Agora ela vai se lembrar para sempre desse almoço como do dia em que estava com dor no pescoço".

Detalhe seis: O Benjamim, que não se intimida perante nada ou ninguém, se ofereceu para fazer uma massagem. Houve um momento de suspense na sala. Todo mundo olhou para aquela "porta" de quase dois metros de altura. Depois olharam para mim. Então eu olhei para o Benjamim com um jeito de quem pergunta: "E por acaso você é massagista?". Percebendo a insegurança geral, ele nos acalmou com a seguinte história: quando trabalhava para um deputado, a mulher (do deputado) pagou para ele (Benjamim) um curso de massagem alemã. Olhei para a dona Zuleide, que olhou para seu Henri, que olhou para o Menelau, que sorria beatificamente com os lábios, embora os olhos imensos parecessem aterrados em grau máximo. A Zilda não olhou para ninguém. Olhava fixo para o chão e por um sutil movimento labial achei que estava rezando. Dona Zuleide, então, com ar resignado, fatalista mesmo, aceitou ser massageada e olhou para o marido com jeito de quem diz: "Olha só o que eu tenho que fazer por sua causa". A expectativa tomou conta da sala.

Detalhe sete: A massagem. Benjamim abriu espaço no chão, mandou vir alguns cobertores e travesseiros, trazidos de forma prestativa por um Menelau à beira do pânico. Dona Zuleide deitou-se e desapareceu sob o corpanzil do Benjamim. Ele começou a manipular a mulher com gestos enérgicos e impiedosos. Parecia saber o que fazia, mas ela gemia de dor. O marido olhava para a cena um tanto zangado e a ponto de interromper o trabalho do meu guarda-costas. Principalmente quando Benjamim torceu o pescoço da dona Zuleide e nós todos ouvimos alguma coisa estalar feio, fazer um crec, seguido de um berro de dor. Vi que Menelau fechou os olhos, como se entregasse a Deus, como se tivesse certeza de que a mulher do chefe ia sair morta do seu apartamento. Zilda me lançou um olhar duro e interrogativo, como dizendo: "Esse seu amigo está quebrando a espinha da mulher, faça alguma coisa, pelo amor de Deus!". Seu Henri àquela altura lembrava uma estátua de cera de Madame Tussaud, paralisado no meio da sala. Mas a partir daí a coisa melhorou. Dona Zuleide parou de gemer e ficou quietinha, quietinha, relaxada. Sucesso! Quando a massagem terminou, ela se sentiu bem melhor e até já conseguia virar o rosto um pouquinho. Seu Henri sorriu para Menelau, que abriu seu melhor sorriso para mim, que sorri para o Benjamim, que sorriu para dona Zuleide, que sorriu para Benjamim, e foi uma verdadeira floração de sorrisos naquela sala. Uma primavera de gengivas à mostra. Quer dizer, menos Zilda, que se retirou para a cozinha para terminar o frango. Ouvi uns guinchos. Acho que ela chorava de nervoso.

Detalhe oito: O almoço, assim como a massagem, foi um grande sucesso. O Henri veio falar comigo todo impressionado com o fato de eu ter um guarda-costas massagista. Falou que também estava pensando em arrumar um, porque um colega seu tinha sido seqüestrado. A conversa, a partir daí, foi bem animada. O Benjamim contou histórias engraçadas de uma vez em que esteve na Tailândia acompanhando um figurão da política. Todos riram. O frango também foi muito

200

elogiado. A Zilda parecia estar no céu. O Henri bateu nos ombros do Menelau e disse que tinha sido um ótimo almoço. A Zuleide pegou o meu telefone para o caso de precisar de massagem outra vez. Mas fiquei aliviado quando tudo terminou.

Detalhe nove: quando eu estava saindo, Menelau, que tinha ido acompanhar seu Henri e dona Zuleide até a rua, voltou e veio me dizer, comovido, que aquele fora um dos dias mais felizes da sua vida e agradeceu muito, a mim e ao Benjamim, pela ajuda. Disse isso mesmo. O Benjamim está aqui para confirmar. Quer dizer, agora ele está dormindo e roncando lá na sala.

Seria tão bom se eu conseguisse fazer o mesmo!

VINHETA DE ABERTURA <u>ASSOMBROS NA MADRUGADA</u> — 00:15'

<u>ABERTURA NO CENÁRIO</u>

CÂMERA ABRE EM PLANO GERAL SOBRE O CENÁRIO. O CORTINADO SE ABRE E ENTRAM AS VAMPIRELAS COM A COREOGRAFIA DA CANÇÃO <u>ASSOMBROS NA MADRUGADA</u>.

<u>ENTRADA DE LIMA</u>

AO FINAL DA COREOGRAFIA, ACONTECE O JORRO DE FUMAÇA E LIMA SURGE NA GRANDE PORTA CENTRAL, QUE IMITA UM SARCÓFAGO EGÍPCIO. VAI ATÉ O PEQUENO PÚLPITO, COM O CANHÃO DE LUZ SEGUINDO SUA TRAJETÓRIA. A CÂMERA CORRIGE O ENQUADRAMENTO COM O AUXÍLIO DA GRUA, MOSTRANDO UM PLANO GERAL COM DETALHE DO AUDITÓRIO. SOBE PLACA: "PALMAS". PÚBLICO APLAUDE A ENTRADA DE LIMA.

LIMA   Boa noite, amigos e amigas, vamos iniciar mais um <u>Assombros na madrugada</u>. E hoje, antes da nossa habitual entrevista, eu tenho alguns recados para dar. Foi uma idéia que brotou da mente inesgotável do nosso querido diretor, o René. Nós vamos fazer um bloco carnavalesco aqui no programa. O nome do bloco vai ser "Unidos do Assombro".

SOBE PLACA "APUPOS".

LIMA   Vamos fazer um concurso para uma rainha do bloco, uma espécie de porta-bandeira. Quem quiser se inscrever, é só mandar uma carta para a produção do programa.

ENTRA LETTERING COM ENDEREÇO DE CAIXA POSTAL.

LIMA   E não pára por aí! Quem quiser participar do bloco pode fazê-lo, desde que tenha uma idéia original para a fantasia. Tem que ser uma fantasia que combine com o nosso programa, e confesso que a minha mente está em branco ao dizer isso. Se a sua fantasia for aprovada por uma comissão aqui da Rede Plus, você vai poder tomar parte no nosso bloco. Ufa... chega de recado! Quer dizer, antes da entrevista, vamos a um insert da Plurishop.

SOBE TABULETA DE APLAUSOS.

INSERT PLURISHOP #1 = PRODUTOS DE COZINHA, DESCASCADORES, PANELAS ANTIGORDURA, FACAS ELÉTRICAS.

VINHETA <u>ASSOMBROS NA MADRUGADA.</u>

CÂMERA ABRE EM LIMA.

LIMA   Bom, vamos agora começar a nossa entrevista... Vamos chamar o senhor Jesuíno Silva. Pode entrar, seu Jesuíno.

JESUÍNO ENTRA, CONDUZIDO ATÉ A POLTRONA DO ENTREVISTADO DE BRAÇO COM UMA VAMPIRELA. ELE ESTÁ VESTIDO COM UMA ROUPA DE SÃO JORGE IMPROVISADA: COM ARMADURA, CAPACETE, PENACHO E UMA LANÇA FEITOS DE RESTOS DE BACIAS E OUTROS TIPOS DE SUCATA. AS BOTAS SÃO DE COURO E ESTÃO EM PÉSSIMO ESTADO.

LIMA   Bem, bem. O que temos hoje aqui? Ivanhoé?

JESUÍNO	Como?
LIMA	O senhor está vestido de quê?
JESUÍNO	Ah... São Jorge.
LIMA	São Jorge?
JESUÍNO	Sim, senhor.
LIMA	E por qual razão?
JESUÍNO	O senhor quer dizer... como eu comecei com essa história?
LIMA	Isso mesmo.
JESUÍNO	Bom, um dia roubaram a estátua do são Jorge lá na paróquia. E ficou aquele buraco na parede, vazio. E aquilo me dava, assim, uma tristeza. Aí, um dia, eu resolvi. Vou me plantar lá no dia da missa.
LIMA	E o padre deixou?
JESUÍNO	Bom, pra falar verdade, no primeiro dia eu fui sem falar nada. Eu fiz esta roupa aqui, que o senhor está vendo. Cheguei logo cedinho e trepei no buraco. Fiquei lá paradinho, paradinho. Quer dizer, às vezes eu tinha que dar uma coçadinha aqui, outra ali, que gente não é feito de pedra, não é mesmo?
LIMA	Com certeza. E qual foi a reação das pessoas?
JESUÍNO	Como é que é?
LIMA	O que as pessoas acharam, quando viram você lá no nicho?
JESUÍNO	Donde?
LIMA	No buraco.
JESUÍNO	Ah. Bom, teve gente que riu. Teve gente que fez cara feia. E teve também gente que gostou.
LIMA	E o padre?
JESUÍNO	O padre não gostou muito, não senhor. Mas eu não fiz por mal, querendo fazer troça do santo, não senhor. Eu fiz foi por causo daquilo que eu disse que me dava as-

	sim, uma tristeza de ver o buraco vazio na parede, era como se eu tivesse um buraco aqui no peito, viu, seu Lima.
LIMA	E aí?
JESUÍNO	Bom. Aí o padre não deixou mais. Mas eu gostei da roupa, gostei de ter ficado lá de santo. Gostei mesmo, seu Lima.
LIMA	Dá pra ver que o senhor gostou. E não tirou mais essa roupa?
JESUÍNO	Eu tiro, né. Mas todo dia eu ponho. Antes eu tirava pra ir pro trabalho.
LIMA	E o senhor faz o quê?
JESUÍNO	Trabalho de vigia. Na Parafusos Oliveira.
LIMA	Sei. Aí, quando o senhor voltava o senhor punha a sua roupa de novo.
JESUÍNO	Sim senhor. Passava o dia com ela.
LIMA	Mas por quê, seu Jesuíno?
JESUÍNO	Olha... não sei explicar, não senhor. Mas eu me sentia bem, sabe? Importante.
LIMA	Importante?
JESUÍNO	Por causa dessa luta do santo, que luta contra o dragão. Ele mata o dragão. Até na Lua não dizem que ele está?
LIMA	É verdade. Bom, mas continua, seu Jesuíno.
JESUÍNO	Aí eu gostei tanto que resolvi levar a roupa lá para o trabalho.
LIMA	Para o trabalho?
JESUÍNO	É. Eu passava a noite lá sozinho, mesmo. Aí comecei a ficar assim com esta roupa.
LIMA	O senhor gosta mesmo dela, né?
JESUÍNO	Gosto muito, sim senhor.
LIMA	E não deu problema?

JESUÍNO	No começo, não senhor. O senhor sabe que nunca entrou um ladrão lá?
LIMA	É mesmo? Mas espera um pouco agora, Jesuíno, que a gente tem mais um insert da Plurishop.

INSERT PLURISHOP #2 = ARTIGOS PARA FITNESS, BICICLETAS ERGOMÉTRICAS, TÊNIS, APARELHOS DE GINÁSTICA.

VINHETA <u>ASSOMBROS NA MADRUGADA.</u>

CÂMERA ABRE EM LIMA.

LIMA	Bem, continuando... Aqui estamos, apresentando o senhor Jesuíno, que se veste e se comporta como se fosse são Jorge. Quer dizer então que o senhor passou a ir trabalhar vestido assim?
JESUÍNO	Foi mesmo.
LIMA	Há quanto tempo o senhor trabalha nessa empresa?
JESUÍNO	Ah... pra mais de dez anos! Acho que mais, deve bater nuns quinze aí.
LIMA	Muito tempo mesmo.
JESUÍNO	E lá só o que dá é parafuso, seu Lima. É parafuso de tudo quanto é jeito que o senhor pode imaginar.
LIMA	E o senhor passava a noite toda olhando parafuso?
JESUÍNO	É isso aí.
LIMA	Humm...
JESUÍNO	Aí eu comecei a ir assim. Ficava com a minha roupa. E me sentia bem.
LIMA	Desculpa perguntar de novo, Jesuíno, mas... esse negócio aí de você se sentir bem...
JESUÍNO	Porque eu vigio o dragão...
LIMA	O dragão?

JESUÍNO	Da Lua...
LIMA	Você vigia o dragão da Lua?
JESUÍNO	Alguém tem que vigiar.
LIMA	Mas o que o dragão faz?
JESUÍNO	O dragão... ele... precisa ser vigiado, seu Lima! Fica todo mundo distraído. Alguém tem que botar o olho firme e ficar vigiando.
LIMA	E se você não vigiar?
JESUÍNO	Ele ataca!
LIMA	Quer dizer que nós só não estamos sendo atacados pelo dragão da Lua porque o senhor está de olho nele?
JESUÍNO	E não é?
LIMA	E você acredita mesmo nisso?
JESUÍNO	E não?
LIMA	Acredita mesmo nisso... acredita pra valer, que se você parar de vigiar, ele ataca?
JESUÍNO	Seu Lima... eu não estou falando língua de homem? Eu já disse que acredito, sim senhor!
LIMA	De algum modo eu invejo o senhor, seu Jesuíno.
JESUÍNO	Bom, se o senhor quiser eu lhe empresto minha roupa. Mas por uma noite só!

GRANDE GRITARIA VEM DA PLATÉIA, GRITOS, PESSOAS SE LEVAN-TAM. UMA PESSOA INVADE O PALCO. BENJAMIM SAI DOS FUNDOS DO CENÁRIO E VOA SOBRE ESSA PESSOA, ATIRANDO-A AO CHÃO. GRITOS DA PLATÉIA. GRAÇA ENTRA CORRENDO.

GRAÇA	Pode deixar! Pode deixar! É a mulher dele.

BENJAMIM SE LEVANTA, E APARECE UMA MULHER.

LIMA	Pode deixar, Benjamim... pode deixar. Está sob controle.

BENJAMIM, SEM JEITO, É APLAUDIDO PELA PLATÉIA.

LIMA   Esse é Benjamim, meu guarda-costas. Belo vôo, Benjamim.

NOVOS APLAUSOS. BENJAMIM FAZ UM GESTO DE AGRADECIMENTO E SAI. GRAÇA LEVA A MULHER ATÉ ONDE ESTÁ JESUÍNO.

JESUÍNO   Você estava aí, Felícia?
FELÍCIA   Estava, Jesuíno. Vamos pra casa!
JESUÍNO   Espera um pouco. Eu estou falando com o seu Lima.
FELÍCIA   Tira essa roupa, Jesuíno! Vamos pra casa! Vem... vamos pra casa...
LIMA   Escuta, Jesuíno... por que você não vai com a Felícia? Bom... agora vamos ter mais um insert. Depois a gente volta...

INSERT PLURISHOP #3 = PRODUTOS DE INFORMÁTICA, IMPRESSORA, MICROCOMPUTADOR, MOUSES.

VINHETA <u>ASSOMBROS NA MADRUGADA.</u>

CÂMERA ABRE EM LIMA, COM APARÊNCIA DESANIMADA.

LIMA   Bem, gostaria de me desculpar, mas o Jesuíno já foi embora. Foi com a dona Felícia. E eu também estou indo. Tchau para todo mundo!

VINHETA DE ENCERRAMENTO <u>ASSOMBROS NA MADRUGADA.</u>

REUNIÃO DE PRODUÇÃO

<u>Participantes: Graça, produtora; René, o diretor. Local: edifício da Rede Plus, na alameda Santos, sexto andar, sala 19. Onze horas.</u>

<u>Graça:</u> Olha, o Lima avisou que não vai dar pra vir.

<u>René:</u> Que beleza. O outro está em crise e perdemos nossa produtora. Tudo isso por causa do amor.

<u>Graça:</u> Foi mal. Você viu como os dois estavam, ontem?

<u>René:</u> Quem avisa amigo é... Mas o que aconteceu, afinal?

<u>Graça:</u> Você sabe como o Lima é complicado. Acho que a Luísa apertou um pouco ele, não sei. Na verdade ela quase não falou comigo. Quando ela resolveu que não ia mais trabalhar no <u>Assombros?</u>

<u>René:</u> Ontem mesmo. Disse que não tinha a menor condição de continuar. Garantiu que você segurava a onda. E segura mesmo, Graça.

<u>Graça:</u> Obrigada. Vou ganhar aumento?

<u>René:</u> Vou falar com o Cirilo.

<u>Graça:</u> Olha, hein, René. Fala logo.

<u>René:</u> Pode deixar. Agora vamos falar do programa de ontem. Um lixo, menina. Você viu como o Lima terminou o programa? Praticamente enxotou todo mundo.

<u>Graça:</u> <u>Noite selvagem</u> bateu a gente o tempo todo.

<u>René:</u> Guerra é guerra. A audiência subiu um pouco quando a mulher do cara entrou em cena. Mas o Lima não conseguiu explorar direito.

<u>Graça:</u> A gente caiu muito.

<u>René:</u> Bastante. Mas ainda estamos nos dois dígitos. O que preocupa o pessoal lá em cima é que a tendência é pro-

gressiva. Ou regressiva... Vamos botar pra quebrar, querida. Vamos salvar nossos empregos! Mas sem perder o apetite jamais. Vamos almoçar.

Graça: Vamos.

(os dois saem)

Oferta

De: Ônix Confecções. Rua José Paulino, Bom Retiro
Para: Gaivota, butique de roupas esportivas. Rua Domingos
de Moraes, Vila Mariana

Caro senhor Luís Vidal,
Gostaria de comunicar que tenho comigo duzentas camisetas de tamanhos variados com o logotipo *ASSOMBROS NA
MADRUGADA*, assim como cinqüenta bonés com o mesmo
logotipo. Se interessar, posso fazer um negócio pelo lote todo
com um bom desconto.

Joseph Leirner

De: Gaivota, butique de roupas esportivas. Rua Domingos de
Moraes, Vila Mariana
Para: Ônix Confecções. Rua José Paulino, Bom Retiro

Caro senhor Leirner,
Agradeço muito a sua oferta, mas no momento não estou interessado.

Luís Vidal

DIÁRIO DE SATURNO

Começaram os roncos do Benjamim! Como ronca! Como dorme! Que inveja! Põe a cabeça no travesseiro e RRRRRR! E eu aqui, remoendo a velha insônia. Também... bate-estaca de dia. Ronco de noite. Além de diversas pílulas de ansiedade:

Pílula assombrosa: o programa foi péssimo. Estamos perdendo feio para o <u>Noite selvagem</u>. A cada intervalo, a Graça vinha informar o placar, isto é, o Ibope. Agora puseram uma maquininha de fazer doido no estúdio. Fica informando o Ibope de segundo em segundo. Tem gente que acha que isso dá adrenalina. E o René cada vez mais histérico.

Pílula fofa, mas amarga: a coisa com a dona Lílian desandou. Desde o dia em que tomei coragem e contei que a Lidiane tinha sido recusada no teste, a mulher me colocou em primeiro lugar na lista de <u>personas non gratas</u> que sem dúvida ela deve ter debaixo do travesseiro. Fez o maior drama. Levantou a voz. Disse que assistiu aos testes e que a filha foi muito bem. Que as outras meninas estavam bem abaixo do nível da Lidiane. Que eu não tinha defendido a filha dela. Que eu devia ter apoiado mais a Lidiane. Acho que ela pensa que eu mando e desmando naquela televisão. Depois virou as costas e saiu. E então parou por aí. Uns dias depois, encontro com ela no elevador: "Muito obrigado por deixar a minha filha doente". Aí contou que a menina ficou doente por causa da rejeição. Com febre e tudo. O médico disse que era psicológico.

Fui até o apartamento dela com uma enorme caixa de bombons e uma boneca Barbie. A Lidiane estava mesmo passada, mas depois ficou alegrinha com os presentes. Chamei dona Lílian de lado e perguntei se ela não estava botando pressão demais nesse negócio de querer que a filha apareça na televisão. Nesse momento ela me encarou com uns olhos de leoa ferida no mais íntimo do âmago. Se antes eu tinha uma desafeta, agora ganhei uma inimiga declarada.

Resultado: ela está numa campanha difamatória contra mim com a vizinhança. Segundo o Gonçalves, fica falando que eu sou esquisito, fala mal dos amigos que eu trago aqui. Fala mal do Benjamim. Parece até que insinuou que eu sou gay. Diz que estou colocando o prédio em perigo com a história do Montezuma, que ela garante ser um serial killer. (Será que tem razão?)

Pílula fragorosa: na esteira dessa campanha difamatória de dona Lílian, o Régis, que tinha virado um anjinho, voltou a ser o velho demoninho. Acho que percebeu que eu não vou levá-lo para a Disney mesmo. Voltou à carga com disparos de campainha e pichações na minha porta. Tive que jogar pesado e fiz o Benjamim falar com ele. Depois que viu o meu guarda-costas, sossegou um pouco. Mas a coisa deve estar apertada para os Fragoso. Papai Fragoso está me pressionando para que eu compre uma enciclopédia. (Está vendendo essa enciclopédia para aumentar a renda.) É sobre medicina. Ilustrada com todos os tipos de doença. Tem fotografia de gente com erisipela! Coisa pra médico, claro. Só que ele acha que eu devo ter muito dinheiro por trabalhar na televisão, e que ajudaria muito se eu comprasse. Mas o que eu vou fazer com aquela enciclopédia? Já não cabe mais livro aqui no meu apartamento. E não custa barato!

Pílula aquariana: dona Lílian está mesmo fazendo escola. O seu Mário também fechou a cara comigo. Encontrei com ele na entrada do prédio, outra tarde. Vinha trazendo mais um aquário. Disse que no fim do ano vai vir um inspetor daquele Guinness, o livro dos recordes, para ver seu apartamento. E disse isso num tom rancoroso, como se dissesse: "Não preciso mais ir ao seu programa, muito obrigado por não fazer o menor esforço para me levar lá outra vez!". Durma-se com tanta expectativa.

***

Pílula amigo de fé, irmão camarada: essa semana foi também a semana dos amigos. Saí com o Tutti, saí com o Fera. Os dois estão arrasados e estavam querendo conversar. O Tutti, porque a Graziella foi convidada para fazer novela na Globo. Eu disse: "O que é que tem? Ela é atriz, tem que trabalhar!". Ele respondeu sem responder, com a voz toda engrolada na garganta, meio despeitado. Diz que o que doeu mais foi o brilho no olhar dela. Está com dor-de-cotovelo por perder a sua musa exclusiva. Deu dó ver o abatimento dele. Carente que só. Liga todo dia e fica horas falando dos velhos tempos. E o Fera a mesma coisa, mas por causa do filho. Viu o menino depois de não sei quanto tempo e bateu culpa, misturada com vontade de reatar. Só fala nisso. E não sei por que essas coisas mexem fundo comigo também, que fico pensando na minha vida. O que remete a:

Pílula seráfica: quando a gente estava voltando do estúdio, o Benjamim, que é metido a perceptivo, notou que eu estava deprimido e me deu uma bronca. Disse que eu tinha que reagir, contou em pormenores toda a sua vida de menino carente, de como teve e ainda tem que lutar pra conseguir tudo o que quer, e que isso só o deixa mais motivado. E eu disse: "Droga, Benjamim, agora, além de deprimido você me deixou com culpa!". E ele riu sonoramente. Depois, com uma voz baixo profunda de puxador de samba, veio com essa: "O que é que te define como pessoa, Lima?". Eu fiz uma cara de quem não estava querendo papo, mas fiquei com a pergunta roendo na cabeça. E eu sei lá o que me define? Bem que eu podia encontrar essa definição em algum dicionário de tipos de gentes. O pior é que, depois de fazer essa pergunta absurda, o Benjamim consegue pegar no sono. Será que ele sabe responder? Queria que alguém respondesse pra mim. E dá-lhe ronco.

Eu agora só queria uma pílula para pegar no sono.

Aeroporto ou a metafísica de um hábito

Lima xingou baixinho quando o motorista do táxi apanhou a alça errada do viaduto que levaria ao novo aeroporto de Cumbica. Já haviam ficado quase uma hora presos na Marginal congestionada. Benjamim, ao seu lado, não estava nem aí para o trânsito. Aproveitava ao máximo o presente de Lima: um walkman novinho em folha, sintonizado na rádio Cultura FM, que transmitia o programa *Um piano ao cair da tarde*.

Até fazer o contorno na ponte mais próxima e retomar a trajetória correta, perderam mais de meia hora. Lima não acreditava: como um profissional das ruas podia ter cometido um engano tão grosseiro? Imaginava no que ele estaria pensando para se distrair assim. Isso porque, logo que entrou no táxi, Lima informou ao motorista que estava muito atrasado para se despedir de uma pessoa e com aquele engano o tempo e o dinheiro haviam sido jogados fora. Mas ele sabia que não era só culpa do motorista: perdera um tempo enorme para decidir se ia ou não até o aeroporto. Decidira no último momento.

Afinal chegaram. Lima e Benjamim dispararam na direção do saguão de entrada. O guarda-costas notou, no grande painel de saídas e chegadas, que o vôo para Milão devia estar atrasado, mas não encontraram mais ninguém no check-in. Já ofegante, Lima seguiu Benjamim por alguns lances de escada até chegarem à plataforma externa, de onde as pessoas podiam acompanhar a decolagem dos aviões. Naquele exato momento o avião levantava vôo: as turbinas fazendo o ar trepidar com um som tão alto que deixou Lima em pânico.

Num pequeno grupo que acenava para o jato, Lima percebeu a figura de uma senhora: a mãe de Isolda. Fazia muito tempo que não a via. Parecia bastante envelhecida, com.os olhos lacrimejando enquanto agitava as mãos para o céu. Lima, entretanto, preferiu passar despercebido e foi até um canto da plataforma, sempre acompanhado por Benjamim. De lá, observou o grande avião tornar-se cada vez menor até parecer uma pequena mancha contra um céu esbranquiçado. Por fim desapareceu no firmamento. Nem um rastro, nada. Sentiu nas costas o peso considerável das mãos de Benjamim, em tapinhas de compreensão. Mesmo depois que os familiares abandonaram a plataforma, os dois permaneceram, observando a partida e a chegada de outros aviões.

Já era costume havia um bom tempo os paulistanos irem até o aeroporto tomar café e apreciar o espetáculo invariável das decolagens e aterrissagens, das despedidas e encontros. Muitas pessoas perambulavam pela plataforma naquele tipo estranho de lazer, que alguns tentavam explicar como falta do que fazer ou como o simples desejo de estar perto daquela suspensão da mesquinhez cotidiana. Ou talvez fosse apenas o hábito atávico de tomar um café forte onde quer que ele pudesse ser encontrado.

De modo que, para não perder o costume, os dois abandonaram também a plataforma, descendo em direção a uma casa de café. Lima pediu um curto, Benjamim um com creme, e os dois foram sentar-se numa mesinha de canto. Havia um janelão que dava para a pista. E Lima nada mais disse, apenas se deixou ficar um longo tempo, tomando o seu café sem a menor pressa, enquanto apreciava (e até invejava) a atividade incessante dos aviões: todos os destinos do mundo.

DIÁRIO DE SATURNO

Esta semana o Saturno ferveu de novo. Foi a semana da crise conjugal.

O grande momento, sem dúvida, foi:

"Atlântida Submerge!".

Não vi com meus próprios olhos, de modo que tenho que confiar na narração cinematográfica de Gonçalves, nosso zeloso zelador.

Seqüência 1: Entrada do Saturno / dia
Seu Mário chega com mais um aquário, todo sorridente. Cumprimenta alguns moradores que passam por ele. Exibe com orgulho sua nova aquisição, aparentemente sem notar os olhares espantados dos interlocutores. Entra no seu apartamento.

Seqüência 2: Pátio externo do Saturno / dia
Algumas crianças estão brincando nos escorregadores e nos balanços. Gritos horrorosos surgem no térreo. Parecem vir do apartamento do síndico. E são berros de mulher. As crianças fogem, espavoridas. Uma delas vai avisar o Gonçalves.

Seqüência 3: Térreo / dia
Gonçalves se dirige até o apartamento de onde vêm os gritos. Sim, é o apartamento do seu Mário. Marido e mulher parecem estar discutindo asperamente. Mas a voz mais alta é a de dona Maria. Gonçalves se espanta: nem parece a voz sempre calma da pacata mulher. Ele a escuta berrar:

— Eu não agüento mais!!!

Seqüência 4: Térreo / dia

A porta do apartamento é escancarada e seu Mário se atira para fora, aos prantos.

— Alguém faça alguma coisa. A Maria enlouqueceu!

Gonçalves tenta entrar na sala, mas dona Maria, como se fosse uma Fúria, agita um rodo no ar, ameaçando todos os que se aproximam. Vizinhos começam a chegar. Então dona Maria passa a investir contra os aquários, mandando o rodo neles. Ruído de vidros se espatifando. Voz rouca de seu Mário, do lado de fora:

— Meus aquários! Meus aquários! Não permitam!

Seqüência 5: Pátio / dia

Dona Maria agora sai com os aquários nas mãos e vai atirando, um por um, no pátio externo. Crianças eufóricas dançam em torno dos peixes. Mães tentam em vão arrastar os filhos, elas mesmas curiosas com a cena. Por todo lado, peixes multicores saltam em asfixia. Seu Mário tenta apanhá-los, mas não tem onde pôr. Corre com alguns peixes na mão.

Seqüência 6: Térreo / dia

Dona Maria sente-se mal. Encosta-se na parede. Um dos vizinhos, que é médico, pede para alguém chamar uma ambulância.

Seqüência 7: Entrada do prédio / dia

Ambulância chega com a sirene a toda. Enfermeiros levam dona Maria e seu Mário.

Seqüência 8: Entrada do prédio / noite

Ambulância chega, agora sem alarde, trazendo o casal de volta. Aparentemente, estão bem. Ela, parecendo a dona Maria de sempre. Ele, com o olhar vazado e a aparência muito cansada. (Gonçalves ficou comovido. Disse que os dois pareciam muito sós. Fofocou que há muito tempo os filhos não aparecem para visitar.)

220

Os dois entram no apartamento.

Fim.

O segundo momento da semana não foi tão espetacular. Poderia chamar-se: "Papai Fragoso vai à luta e me vende a enciclopédia".

Claro. Me encurralou. Estava numa pior: a Betinha na casa da mãe. E levou o Régis. Brigaram feio. Tudo por causa da velha mania de brincadeiras do Cláudio. O que ele fez? Estavam passando o domingo na casa do sogro dele, pai da Betinha. O velho homem tirava uma pestana. Cláudio foi pé ante pé e colocou um fragmento de Sonrisal na orelha do dorminhoco, depois jogou um pouco de água com uma colherzinha. O sogro acordou como se tivesse a Foz do Iguaçu dentro do ouvido, assustadíssimo. Só que o Cláudio não esperava a reação geral. Ninguém levou a coisa na brincadeira. E a Betinha explodiu, disse que tinha sido a gota d'água (literalmente).

Cláudio teve uma crise de choro no elevador. Babou no meu ombro. Disse que não queria perder a família, que ia procurar um psicólogo pra se tratar da compulsão de pregar peças nos outros. Que está sob muita pressão. Que a vida está muito cara. Que o negócio de vendas é difícil. O colégio do filho... Bem, para resumir, comprei a tal enciclopédia.

Alguns dias depois, vejo a família toda reunida. Cláudio me acenou, feliz. Acenei de volta, contente de que estejam bem. Mas também com uma pulga atrás da orelha: terei feito uma boa ação, ou terei sido vítima de uma técnica de vendedor?

O Gonçalves saiu daqui agora há pouco. Veio comer uma pizza comigo e com o Benjamim. E me atualizar sobre o que anda ocorrendo no Saturno. Disse que o seu Mário e a dona Maria estão melhores, embora ele muito chateado. Jogamos conversa fora. Gonçalves também me avisou sobre a reunião com todos os condôminos. É sobre as rachaduras e todo aquele problema. Disse que é importante todo mundo estar presente.

E cá estou eu... ouvindo os roncos do Benjamim e folheando esta enciclopédia médica. Será que encontro uma cura para os meus males?

REUNIÃO DE PRODUÇÃO

<u>Participantes: Graça, produtora; René, o diretor. Local: edifício da Rede Plus, na alameda Santos, sexto andar, sala 19. Doze horas.</u>

<u>René:</u>   Porra, Graça! O Lima agora não vem mais em reunião nenhuma?

<u>Graça:</u>   Ele estava te esperando até agora.

<u>René:</u>   É que eu estava em OUTRA reunião. Eu sou o filtro, aqui. Tenho que ouvir de todo lado. O Lima só tem esta! Custava ficar um pouco mais!?

<u>Graça:</u>   Parece que ele ia ter uma reunião importante lá no prédio dele.

<u>René:</u>   E desde quando reunião de prédio é importante? Mais do que a nossa? É bem a cara do Lima, isso. Está fugindo da raia. É a hora de os ratos abandonarem o barco...

<u>Graça:</u>   Calma, René! Você está uma pilha!

<u>René:</u>   É porque você não agüenta a pressão que eu agüento. Mas pode ficar tranqüila, querida, que eu não vou ter nenhum enfarte, nenhum derrame, a única coisa que eu tenho é chilique. A coisa está brava. Nosso programa está em queda livre.

<u>Graça:</u>   É o famoso ladeirão!

<u>René:</u>   Por isso precisamos dar uma reagida. Vamos colocar aquele bloco no ar. Tem muita gente se inscrevendo?

<u>Graça:</u>   Tem, sim. Já tem uma lista enorme de mulatas, e também de gente que está mandando fotos das suas fantasias.

<u>René:</u>   Está vendo só? A gente precisa agitar mais coisas assim. Vamos começar a chamar as pessoas a partir de amanhã.

<u>Graça:</u>   Acho que vai ser legal, essa coisa do bloco. Bom, pelo menos divertido vai ser. O Benjamim está superanimado,

	vai vir o pessoal da escola do bairro dele. E eles já estão superafinados com a música.
René:	Maravilha. Sabe que até eu vou participar?
Graça:	Mesmo? Mas como?
René:	De fantasia, claro! No meio do pessoal fantasiado. Pra engrossar fileira.
Graça:	Mas fantasiado do quê?
René:	Eu pedi pro Marcinho bolar uma fantasia pra mim. Dá uma olhada no esboço.
Graça:	Deixa eu ver... Nossa! O que é isso? Parece um abacaxi com plumas!
René:	Não é abacaxi, sua vadia. Ele chamou de Alegoria do Delírio. É para combinar com o tema do Assombros.
Graça:	Pode estar certo de que combina.
René:	Ué, fazer o quê, minha filha? Ficar chorando sobre o leite derramado? Vamos levantar a peteca desse programa... Vamos agitar!!!
Graça:	Credo, René. Você ainda vai ter um troço.

(os dois saem)

Ata de reunião

(Ata da reunião dos condôminos do edifício Saturno, taquigrafada por Zuenira Procópio, que mora com a mãe no 64 e é secretária bilíngüe.)

"A reunião extraordinária convocada para as dezenove horas desta quarta-feira, dia 26 do corrente, foi aberta de modo um tanto tumultuado, uma vez que todos se mostravam extremamente tensos com o problema das rachaduras que têm afetado todos os apartamentos. E também porque nosso síndico, o senhor Mário, não pôde estar presente por estar realizando uma viagem de repouso à casa de parentes em Tatuí, ainda traumatizado com a perda dos seus preciosos aquários. Sua esposa, dona Maria, naturalmente o acompanhou, mas deixou para a reunião um prato de bolinhos de chuva que está sobre a mesa de bilhar deste salão de festas, juntamente com as garrafas térmicas contendo café e chá, com e sem açúcar, gentilmente trazidas pela Sueli, do 94."

"Cláudio Fragoso, do 14, substituiu nosso inestimável síndico, uma vez que foi vice na mesma chapa por ocasião das últimas eleições. Deu início ao encontro contando uma divertida anedota que, entretanto, não foi muito bem recebida, ou pelo menos não teve o efeito esperado, uma vez que todos estavam muito nervosos, querendo saber se já havia notícias oficiais sobre o estudo que a Matec Engenharia Civil está realizando no Saturno há quase um mês. Cláudio explicou que o doutor Fernando Guinato, advogado, que mora no 55 e que está levando a causa adiante, foi o responsável por apanhar o resultado na supracitada empresa de engenharia e trazer para esta reunião, mas que ainda não havia chegado, com certeza por culpa do trânsito lastimável. Dona Cinira, do 27, concordou, e uma vez que estava vendo o telejornal antes de descer, nos informou que as avenidas marginais estão paradas. Como a Matec fica no Limão, o doutor Fernando deve estar debaixo de alguma ponte. A partir daí, a conversa perdeu o foco, com diversos grupos discutindo o problema do trânsito na cidade e a piora sensível do mesmo nos últimos anos."

"Dona Lílian, do 86, pediu a palavra. Subiu até a mesa e disse, energicamente, que não deveríamos dispersar a reunião, aproveitando o tempo antes que o doutor Fernando chegasse com o laudo pericial para discutir outros problemas sérios do nosso edifício. Disse que aquelas rachaduras nos fizeram até um bem. Levantando a mão para conter a onda de exclamações indignadas que o seu comentário provocou, justificou-se afirmando que há males que vêm para bem. O prédio está uma lástima, segundo ela. Disse mesmo que tem vergonha de dizer que mora aqui. Alguns outros moradores ergueram a voz em apoio, concordes neste ponto óbvio: ninguém gosta do que vê. Seu Ataúlfo, do 102, descreveu o que todos conhecemos bem: a imagem dos costados do Saturno para quem sobe a alça norte do viaduto. É um favelão, com peças íntimas tremulando nas áreas de serviço, a pintura toda descascada, além das rachaduras cada vez maiores. Palmas generalizadas."

"Dona Lílian, percebendo que sua moção recebia os ventos do entusiasmo popular e, talvez, pensando nas eleições condominiais do próximo ano, voltou à carga com mais disposição, não poupando críticas à gestão do seu Mário, que parecia, segundo ela, devotar mais tempo aos peixes do que ao prédio. E afirmou não ter dito isso pelas costas, aproveitando a ausência daquele senhor, a quem deseja, outrossim, pronta recuperação, mas movida pela urgência do momento, não tendo o menor problema em voltar a fazer as referidas críticas na cara do atual síndico assim que ele estiver restabelecido do seu baque emocional. Novas palmas mexeram mais ainda com o ânimo da interlocutora, que aproveitou para falar do elevador, do salão de festas (este em que estamos), do playground e de muitas outras coisas que precisariam ser renovadas urgentemente, antes que o Saturno se transforme definitivamente num cortiço vertical. Tal comentário mexeu com o brio da assistência. Todos apoiaram aos brados as palavras de dona Lílian, que parecia realmente estar expressando uma insatisfação comum."

"Nesse momento o Menelau, do 74, pediu a palavra e disse que também apoiava a indignação de dona Lílian, mas que antes de qualquer coisa se fazia necessário resolver o problema das rachaduras e conhecer o laudo pericial. Gonçalves, nosso zelador, fazendo eco com a preocupação de Menelau, nos contou que no subsolo uma antiga fenda no chão virou um 'baita buraco' no qual ele mesmo quase caiu, outro dia. Ante o espanto coletivo, explicou que a enorme fenda já está devidamente cercada para que alguém mais distraído não seja abruptamente sugado por ela. Essas palavras reforçaram o argumento de Menelau, que insistiu: estava assustado com a possibilidade de ser um problema mais grave, de caráter estrutural. Se tal prognóstico se confirmasse, ponderou, seria necessário tomar providências legais. Fez questão de nos lembrar o privilégio de ter no prédio um habitante famoso, referindo-se ao Lima, apresentador do programa *Assombros na madrugada*, seu amigo particular e vizinho de parede. Acrescentou que contar com alguém de prestígio num país como o nosso — onde o cidadão comum é tratado como um zero à esquerda — é questão crucial para o bom andamento de qualquer demanda. Uma onda de aplausos inundou a sala, mas parece não ter comovido dona Lílian, antes pelo contrário, a senhora mostrou-se indignada, dizendo que o Lima não lhe inspirava muita confiança, dizendo mesmo: 'Onde está ele agora? Não deveria estar aqui conosco?'. E ante a perplexidade que suas palavras causaram na assistência, aprofundou a crítica dizendo que o apresentador não era "um dos nossos". Arrematou, acusando Lima de ser 'um famoso' e que iria cuidar da própria pele."

"Como se fosse de propósito, o Lima adentrou o recinto naquele exato momento, seguido do seu inseparável guarda-costas. Sua presença, apesar das palavras pesadas proferidas por dona Lílian, causou forte comoção, com muitas palmas, apupos, gente se levantando para ir cumprimentá-lo. Eu mesma, confesso, me alegrei, pois, apesar de ele ser meio esquisito, dá pra ver que é gente boa. Levado por Menelau até a frente, desculpou-se pelo atraso, mencionando uma reunião demorada e, claro, o trânsito horroroso. Ouvindo de Menelau a sugestão de que comprasse a briga do Saturno, o famoso apresentador mostrou-se visivelmente constrangido e disse, gaguejando bastante, que faria o que estivesse em suas mãos para ajudar, deixando claro que não tinha tantos poderes assim, como supunha o entusiasmado Menelau. Reafirmou que dizia aquilo não com o sentido de tirar o corpo fora, mas simplesmente para não gerar expectativas irreais sobre a sua pretensa popularidade."

"Dona Lílian aproveitou a deixa e falou, de um modo, a meu ver, sarcástico, que entenderia se Lima não quisesse se envolver com a 'raia miúda'. E pelo jeito ia continuar pegando pesado contra o apresentador, não fosse interrompida pela entrada intempestiva do doutor Fernando Guinato, que se adiantou até a mesa parecendo muito pálido e até mesmo trêmulo. Perante o silêncio que logo se impôs, disse, com a voz embargada, agitando um envelope: 'Nosso prédio está condenado!'. Todos se levantaram ao mesmo tempo numa exclamação coletiva contaminada pelo pânico. Seguiu-se um vozerio impossível de detalhar, com todos falando ao mesmo tempo, pessoas gritando, outras chorando. Até dona Lílian, um minuto antes agressiva com o Lima e senhora tão contida de gestos, se atirou nos braços dele com expressão aterrorizada, dizendo: 'Ajuda a gente, Lima!!!'. A reação de dona Lílian impressionou os presentes — pois todos já sabiam da antipatia crescente que ela nutria pelo Lima —, e logo todos se abraçavam, formando uma corrente de fraterno desespero, como se buscássemos conforto na união e foi até bonito de ver: vizinhos que mal se falavam agora se estreitavam solidários, e eu mesma, confesso, me comovi, sendo esses borrões que se podem notar neste relatório resultado do esguichar involuntário de minhas secreções lacrimais. E vou encerrando a ata por aqui, uma vez que o caos tomou conta da sala e minhas mãos estão tremendo: no mês passado perdi meu emprego e agora sou uma sem-teto!"

MANCHETE

Jornal "Diário do Povo"

EDIFÍCIO CONDENADO CAUSA REVOLTA NOS MORADORES

Uma equipe de engenheiros da Prefeitura corroborou o laudo técnico feito pela Matec Engenharia Civil condenando o edifício Saturno, situado na região central da cidade. Segundo o laudo, a estrutura do prédio tem problemas graves de fundação. Já é possível ver na garagem um grande buraco de quase dois metros entre pilastras de sustentação. Os engenheiros também criticaram a utilização de concreto de má qualidade. O senhor Álvaro Munhoz, engenheiro, disse que o edifício está comprometido em sua segurança e compromete, por sua vez, a segurança dos prédios vizinhos. Falou mesmo na possibilidade de o edifício Saturno ser implodido.

Os moradores ficaram revoltados com o laudo, pois alguns ainda estão pagando seus apartamentos. Numa reunião que contou com a presença de todos os condôminos, resolveu-se unanimemente contratar uma firma de advocacia para entrar na justiça contra a construtora Habitat. Contudo, responsáveis por aquela construtora disseram que ela apenas terminou uma obra já começada pela Brascol. De modo que essa é uma luta que promete se desenrolar por muitos anos. Enquanto isso, os moradores vão ter que se ajeitar da melhor maneira possível. Cláudio Fragoso, um dos moradores, estava particularmente sensibilizado. Chegou a chorar enquanto falava aos jornalistas, dizendo que não sabia o que fazer da sua vida. O edifício possui também um morador ilustre. Trata-se do apresentador de televisão Luís Lima Vidigal, o Lima, do programa *Assombros na madrugada*. Mas ele não quis prestar nenhum depoimento.

A fala da cidade

(marido e mulher — sobrado em Pinheiros
— uma hora da madrugada)

(marido)	Estou indo pra cama...
(mulher)	Não vai ver o *Assombros* hoje?
(marido)	Enjoei daquilo. Você vai?
(mulher)	Vou ver só quando for o dia do tal bloco Unidos do Assombros. Hoje vou assistir o *Noite selvagem*.
(marido)	É bom?
(mulher)	Nunca vi. Mas o pessoal da vizinhança diz que é demais...
(marido)	Vou ver o comecinho...

DIÁRIO DE SATURNO

Fim de história. Fim de ciclo. Derradeiras páginas de um caderno que termina. Ou será uma etapa? Será um capítulo da minha vida? O caderno está terminando junto com o Saturno. A garrafa de vinho também está no fim. Até a caneta Bic está acabando. Já nem consigo ver a carga, que está toda acumulada na ponta. Mas ainda dá pra escrever um pouco mais. Tenho um tempinho pra resolver se vou pro Assombros... Tomara que a Graça tenha acertado tudo com o pessoal do Saturno.

Deu dó ver a turma toda aqui do prédio naquele dia da reunião. Parecia outra gente. Nem solar, nem lunar: tudo farinha do mesmo saco ("o mundo é um moinho..."). O Menelau, dona Lílian, os Fragoso... todos com aquela cara desamparada. Parece que foi puxado o tapete debaixo dos pés. Foi perdida a base de apoio. A casa. Palavrinha simples: casa. Toda criança desenha a casa. Um triângulo sobre um quadrado e pronto: a casa básica. Onde você mora? Onde fica a sua casa? Pode ser apartamento, sobradinho, mansão, sei lá o quê. É casa. Como aquela plaquinha que o pessoal do 79 colocou na frente do apartamento: "Deus proteja esta bagunça". É bagunça, mas é casa. Nossa casa. Minha casa. Sua casa. Saudades de casa. Onde fica afinal a minha casa? Em Saturno não mais. Quanto será que está o aluguel em Marte? Não, muita guerra. Será que tem algum condomínio em Vênus? Só motel? Em Plutão, só com lareira. Em Mercúrio, com muito ar refrigerado... Júpiter é tão grande, tem tanto espaço... Será que tem casa por lá? Onde tem vida, tem casa. Sempre se mora em algum lugar. Onde é o meu lugar? E a carga da caneta até que resiste.... O Tutti está me esperando no bar. Será que vou? Já bebi quase uma garrafa de vinho. Estou tontinho, tontinho.... Também não quero o Benjamim me seguindo que nem sombra hoje. Estou assim: sem casa, sem nada. Sem eira nem beira.

Epa... a tinta começa a falhar... a caneta vai expirando... eu vou encerrando este Diário de Saturno... o próximo talvez se chame Diário do Filho Pró...

Secretária eletrônica

"(*tema musical:* McArthur Park) *Oi, aqui é o Lima, falando. Desculpe, mas no momento me encontro impedido de atender o telefone por motivos que podem variar. Conto com a sua credulidade. Se ainda assim quiser deixar recado, aguarde o bip e se pronuncie.*"

Puíííímmmmmm

Oi, Lima... é o Tutti. Já estou aqui no bar. O que aconteceu com este bar? Fazia tempo que eu não vinha aqui. Agora só dá uns fedidos metidos a yuppies. Venha logo!

Puíííímmmmmm

Lima... Liminha.... onde você estááá? Aqui é a Graçaaaaa... Lembra que hoje é a estréia do Bloco do Assombroooos!? Beijocaaaaaas.

Puíííímmmmmm

Ei, Lima! É o Fera. Já cheguei aqui no bar. Eu e o Tutti estamos esperando por você. Você vem, não vem? Humm... tá com uma cara de que você não vem...

Puíííííímmmmm

Ei, Lima. Aqui é o Benjamim. Você me enganou direitinho, cara. Prometeu que vinha logo para o estúdio. Onde você está? Eu estou aqui me preparando para o programa. Vê se não me deixa mal...

Puíííííímmmmm

Limaaa... onde é que você está? Não deixa a sua Graça se desesperar! A coisa aqui hoje está um caos. O René está histérico, perguntando por você. O pessoal do seu prédio também já chegou. Estão todos com faixas. O René não gostou nada. Foi um sufoco convencer ele. Agora vê se não dá pra trás e chega logo... Está bonito, aqui. Vieram entrevistados antigos, do começo do programa... a Gorete veio. Veio a Clarice, a fada. O seu Hugo, das plantas carnívoras... Todo mundo! Atende esse telefone, Lima!

Puíííííímmmmm

Lima! Aqui é o René! Escuta! Só você mesmo, pra mandar o pessoal do seu prédio aqui para protestar. Justo hoje! Você está querendo me derrubar, não é? Juro que pensei em mandar todo mundo embora. Quer fazer pelo menos o favor de chegar logo para o programa? Preciso acertar algumas coisas com você, seu merda.

Puíííííímmmmm

É a Graça, Liminha! Pelo amor de Deus, o René está subindo pelas paredes com aquela roupa de abacaxi deslumbrado. Vem depressa! O Benjamim está preocupado. Tem aqui umas oito pessoas fantasiadas de Montezuma. A coisa vazou e virou brincadeira. Tome cuidado, não fique sozinho... Lima... responde esse telefone. Eu sei que você está aí! Te conheço, cara.

Puííííímmmmm

Lima, aqui é o Tutti. Estou puxando o carro. Um cara aqui na minha frente assinou um cheque com uma caneta Mont Blanc. Por que essa gente não usa esferográfica? Que povo mais exibido. Fora a cara de nojo que o guardador de carro fez para o meu Fusca 68. Acho que você não vem mesmo, né? O Fera está mandando um abraço. A gente se vê por aí. Te cuida.

Puííííímmmmm

Lima, é o René! Porra, Lima, falta meia hora pra gente entrar no ar! Sabe que isso dá processo, não sabe? Não brinca comigo, não faz cachorrada comigo, Lima! Eu já estou aqui fantasiado, tem uma porção de gente fantasiada, a mulata escolhida já chegou, tem muita coisa em jogo aqui, Lima. Vamos ter bastante audiência por causa desse concurso. Vamos derrubar o *Noite selvagem*. Não vai me aprontar nenhuma, Lima! Atende esse telefone, Lima! Eu sei que você está em casa! Vem pra cá imediatamente!!!

Puííííímmmmm

Lima... é a Graça, querido! O programa vai começar! Onde você está, Liminha? Onde você está?!!!!!

Luar sobre o Minhocão

Ele abriu a janela rangente da pensão. Achou que a folha da veneziana fosse despencar lá na avenida, de tão estropiada. O quarto era um favelão: a lâmpada pendurada num fio exposto, as paredes descarnadas, o armário podre de velho, o assoalho cheio de buracos. O que dava de barata e rato! E o prédio, então? Parecia do tempo de dom Pedro. Tinha chegado do sertão de Pernambuco um mês antes e ainda não conseguira trabalho fixo. Vivia de bico e dividia o quarto com mais cinco, todos dependurados nos beliches ou dormindo em colchonetes. Naquele momento, porém, só ele e outro colega estavam na pensão. Os demais haviam conseguido trabalho numa obra no Jaçanã e pousavam por lá.

Os dois aguardavam ansiosamente pelo *Assombros na madrugada*. A transmissão daquela noite prometia, e era estimulada por chamadas bem quentes a cada intervalo da programação. Ia ter até gente protestando, aquele pessoal do prédio interditado. Tinham acabado de tomar umas cervejas e comer algumas fatias de pizza, compradas na padaria da avenida Angélica.

Seu amigo se esforçava para dar um jeito na velhíssima televisão em preto-e-branco pondo um chumaço de bombril na antena; enquanto isso ele, bastante preocupado com o futuro incerto, permanecia na janela pensando na vida.

O Minhocão passava bem na altura do seu nariz. Não se cansava de olhar aquele viaduto estranho, do qual tanto ouvira falar na sua terra, desde que fora construído. Sabia agora que "Minhocão" era o apelido vulgar do elevado Costa e Silva, obra polêmica que marcara o início da decadência do centro da cidade. Debruçado no parapeito, admirava aquela paisagem desconcertante, principalmente à noite, quando o viaduto permanecia deserto por determinação de uma lei municipal: o tráfego fora proibido depois das vinte e duas horas.

O contraste daquela paisagem com a roça de onde viera era flagrante: só tinha a lua como denominador comum. Lá estava ela, cheia, parecendo uma bolacha pregada sobre os prédios, a mesma lua que ele admirava na sua terra. O resto era tudo o oposto: os postes com a luz artificial ponteando o ritmo sinuoso do viaduto, os prédios decadentes que o margeavam, parecendo desertos, as venezianas deixando filtrar a iluminação amarelada dos quartos, o rápido flagrante de um cotidiano obscuro. E aquele estranho castelinho lá no meio do viaduto, agora uma favela cheia de lixo? E aqueles outdoors gigantescos, com os corpos seminus pairando sobre a cidade numa glorificação da calcinha e do sutiã? E da cueca também.

Ele não poderia olhar senão assombrado para aquele mundo tão estranho ao seu. Parecia outro planeta. Mas aí ficou assombrado de verdade: seu couro cabeludo se eriçou e um arrepio varreu toda a extensão da sua espinha. Olhou melhor para o elevado e constatou que uma pessoa vinha caminhando por ele, solitária. O que faria aquela alma desgraçada naquele lugar deserto àquela hora da noite? Chamou o colega:

— Corre! Vem ver uma coisa!

O outro foi até a janela e também se espantou ao ver a figura fantasmagórica vagando pelo Minhocão.

— Credo! O que é aquilo? Assombração?

Foi com expressão de pura zombaria que seu amigo dissera "assombração", mas quando aquela pessoa começou a uivar, os dois se olharam assustados. Na mesma hora ele olhou para a lua no céu, e sua memória respondeu de pronto com histórias de lobisomens que conhecia bem, lá da sua terra. Só que nunca vira um lobisomem de perto, na roça. Será que ia ver um aqui, na cidade?

A "coisa" ia se aproximando em passos lentos e trôpegos. Então deu para ver que era um homem, mesmo. O amigo reparou primeiro:

— O cara 'tá chapado. Deve ter bebido todas!

De fato, quem quer que fosse que vinha andando pelo elevado, caminhava com passos irregulares e ocupava o centro da via, despreocupado com os automóveis que eram apenas vaga lembrança do asfalto naquele momento. Até que a pessoa passou bem diante da janela do quarto da pensão e os dois puderam vê-lo com nitidez, porque bem acima dele havia um poste de luz.

— Mas não é o... mas não é o...

— É o cara... o cara da... do...

E começaram a acenar para o Lima, que respondeu um tanto constrangido.

— Ei, companheiro! — gritou. — O seu programa vai começar daqui a pouco, 'tá sabendo?

Lima fez um gesto vago. Parecia não haver escutado direito o que ele dizia e acenou um adeus. E ele acenou de volta, comovido. Pasmo, viu o famoso apresentador se afastar lentamente pelo elevado que entrava cidade adentro.

Muito excitados, os dois voltaram para dentro e fecharam a janela, comentando o absurdo da cena. Seu colega de quarto voltou suas atenções, agora redobradas, para a televisão. Como aconteceria o programa, se o apresentador estava passeando pelo Minhocão? Não conseguia parar de rir.

— Essa foi demais... foi demais! Olha, vai começar! O *Assombros* vai começar!, o colega exclamou.

Mas ele estava ocupado, arranjando papel e caneta. Foi acometido de súbita e violenta vontade de escrever uma carta para o seu pessoal de Pernambuco. Principiou a buscar palavras que descrevessem aquela experiência em que, por breves minutos, seu mundo anônimo havia tangenciado o mundo das celebridades.

VINHETA DE ABERTURA <u>ASSOMBROS NA MADRUGADA</u> — 00:15'

<u>ABERTURA NO CENÁRIO</u>

CÂMERA ABRE EM PLANO GERAL SOBRE O CENÁRIO. O CORTINADO SE ABRE E ENTRAM AS VAMPIRELAS COM A COREOGRAFIA DA CAN-ÇÃO <u>ASSOMBROS NA MADRUGADA</u>.

<u>ENTRADA DE LIMA</u>

AO FINAL DA COREOGRAFIA ACONTECE O JORRO DE FUMAÇA, E RENÉ SURGE NA GRANDE PORTA CENTRAL, QUE IMITA UM SARCÓFAGO EGÍPCIO. VAI ATÉ O PEQUENO PÚLPITO, COM O CANHÃO DE LUZ SEGUINDO SUA TRAJETÓRIA. A CÂMERA CORRIGE O ENQUADRAMEN-TO COM O AUXÍLIO DA GRUA, MOSTRANDO UM PLANO GERAL COM DETALHE DO AUDITÓRIO. SOBE PLACA: "PALMAS". PÚBLICO APLAU-DE A ENTRADA DE RENÉ. ELE JÁ ESTÁ VESTIDO COM A "ALEGORIA DO DELÍRIO". A PLATÉIA ESTÁ TOMADA POR PESSOAS USANDO FANTA-SIAS E POR DIVERSOS MORADORES DO EDIFÍCIO SATURNO COM PLA-CAS DE PROTESTOS, GRITANDO PALAVRAS DE ORDEM. NUM OUTRO CANTO ESTÃO REUNIDOS ANTIGOS ENTREVISTADOS DO PROGRAMA.

RENÉ   Obrigado, obrigado. Um pouco de silêncio, agora, por favor! Sei que vocês devem estar estranhando minha presença aqui, mas acontece que o Lima teve um pequeno problema. Logo, logo ele deve estar aqui. Enquanto isso, vamos dar um pequeno intervalo para passar as novidades da Plurishop.

INSERT PLURISHOP #1 = PRODUTOS DE COZINHA — 03:00"

INSERT PLURISHOP #2 = PRODUTOS DE FITNESS — 03:00"

INSERT PLURISHOP #3 = PRODUTOS DE INFORMÁTICA — 03:00"

ABRE EM RENÉ. MORADORES DO SATURNO AGITAM O AMBIENTE COM NOVOS GRITOS.

RENÉ Por favor, por favor, silêncio! Agradeço a paciência de todos, mas infelizmente nosso querido apresentador Lima ainda não foi encontrado. Bem... não vamos nos alarmar. O pessoal da produção deve ter notícias dele muito em breve. Enquanto isso, vamos apresentar a nossa entrevistada de hoje. Pode entrar, dona... Lércia.

VAMPIRELA LEVA LÉRCIA ATÉ O LUGAR DO ENTREVISTADO.

RENÉ A dona Lércia tem uma coisa fabulosa. Ela é uma pessoa normal... uma dona-de-casa. É isso mesmo, dona Lércia?

LÉRCIA Mãe de três filhos. Maravilhosos. Mas o Lima não vem?

RENÉ Estamos aguardando, dona Lércia! Bem... A senhora gosta de ópera, dona Lércia?

LÉRCIA Não. Não conheço nada de ópera.

RENÉ Mas aqui está dizendo que quando a senhora liga o liquidificador sente um impulso incontrolável por cantar ópera.

LÉRCIA Principalmente a Aída, de Verdi.

RENÉ Mas a senhora nunca tinha cantado essa ópera?

LÉRCIA Eu nem sabia que existia. Depois é que eu fui saber que era esse o nome.

RENÉ Vocês não acham isso assombroso? Vamos fazer a experiência.

RENÉ ACENA PARA OS FUNDOS DO CENÁRIO. UMA VAMPIRELA APARECE COM UM LIQUIDIFICADOR, LIGA NUMA TOMADA PRÓXIMA ONDE ESTÁ DONA LÉRCIA. TÃO LOGO O LIQUIDIFICADOR COMEÇA A TOCAR, ELA PASSA A DAR TRINADOS E ENTOAR UMA ÁRIA DA <u>AÍDA</u>, DE VERDI. RENÉ FAZ OUTRO GESTO, A VAMPIRELA DESLIGA O APARELHO E DONA LÉRCIA COMEÇA A SE ATRAPALHAR COM A MÚSICA, ATÉ PARAR DE CANTAR, ENVERGONHADA.

RENÉ   Que fabuloso! Que inacreditável! Palmas! Palmas para dona Lércia!

SOBE PLACA "APLAUSOS". A PLATÉIA COMEÇA A APLAUDIR. DE REPENTE OS APLAUSOS AUMENTAM DE INTENSIDADE. É LIMA QUE VEM ENTRANDO. ESTÁ VISIVELMENTE BÊBADO. OS MORADORES DO EDIFÍCIO SATURNO APUPAM.

RENÉ   Aháá! Eis que chega o foragido!

LIMA   Desculpem... desculpem...

RENÉ   Lima, tudo bem?

LIMA   Tudo... ótimo.

RENÉ   A dona Lércia estava querendo ver você!

LIMA   Alô... dona Lércia... (hic) Desculpe o soluço...

LÉRCIA   Não foi nada. Prazer em te conhecer, Lima!

RENÉ   Ela tem um dom fantástico, Lima.

LIMA   Eu vi. Eu estava vendo lá de trás. Eu só não queria... atrapalhar... a performance... você entende?

RENÉ   Você tem alguma coisa que queira perguntar para ela?

LIMA   A senhora... (hic) não sabe mesmo nada de ópera, dona... Lércia?

LÉRCIA   Não! Juro! Eu não sei de onde vem isso.

LIMA   Quer dizer que... se eu entendi... quando a senhora liga

	o liquidificador... é como se o Scala de Milão estivesse na sua cabeça?
LÉRCIA	O que é o Scala de Milão?
LIMA	Ma... ravilha de (hic) resposta! Ou a senhora é uma cínica... ou um caso de pa... ranormalidade eletrodoméstica!

SOBE PLACA "RISOS".

RENÉ	Bem... agora está na hora de mostrar para o mundo o Bloco Unidos do Assombro.

SOBE PLACA "APLAUSOS". RENÉ VAI PARA A PARTE DE TRÁS DO CENÁRIO.

LIMA	Bem, enquanto isso... eu (hic) gostaria de dizer que os moradores do edifício Saturno, entre os quais me incluo, estão presentes aqui para protestar contra as construtoras do nosso edifício, que como todos sabem, está condenado. Pedimos justiça rápida!

GRANDE EUFORIA PARTE DO GRUPO DE PROTESTO. PLACAS SÃO AGITADAS. ELES GRITAM PALAVRAS DE ORDEM.

RENÉ	Muito bem, muito bem... agora chega! Vamos ao bloco! Graça... solta o bloco!

LIDERADA POR UMA MULATA, UMA BATERIA DE ESCOLA DE SAMBA IRROMPE, TOCANDO DE MODO ENSURDECEDOR.

JUNTO SURGE O BLOCO DO ASSOMBRO, COM MUITOS FOLIÕES, DEVIDAMENTE MASCARADOS, COM ROUPAS EXTRAVAGANTES. SOBE PLACA "APLAUSOS".

BENJAMIM VAI PARA A FRENTE DO PALCO E COMEÇA A CANTAR O SAMBA DO ASSOMBRO, DE SUA AUTORIA. QUANDO TERMINA SOBE PLACA "APLAUSOS". BENJAMIM AGRADECE, ENTUSIASMADO.

BENJAMIM   E vivam os moradores do edifício Saturno!

GRANDES APUPOS CHOVEM DA PLATÉIA. GRAÇA ENTRA CORRENDO NO PALCO.

GRAÇA   Eu queria avisar todo mundo que neste preciso momento, nós acabamos de bater Noite selvagem e recuperamos a liderança do horário! Batemos os trinta pontos!

NOVA CHUVA DE APLAUSOS, ASSOBIOS E APUPOS.

RENÉ   Tive uma idéia! Senta aí, Lima. Vou entrevistar você.

APLAUSOS.

LIMA   Certo. Era ques... tão de tempo para notarem que eu deveria ser um dos entrevistados do programa.

RISOS.

RENÉ   Esse é o Lima. Escuta aqui. Por que você sumiu hoje?
LIMA   Digamos que eu (hic) me perdi pela cidade.
RENÉ   Digamos que eu acredite nisso.Como você encontrou o caminho?
LIMA   Bom... eu... eu estava passeando pelo Minhocão e duas pe... pessoas que eu não vi direito me acenaram de uma (hic) janela. E estavam tão felizes por me ver... tão alegres.

RENÉ	Deixa eu ver se entendi. Você estava passeando no Minhocão a esta hora da noite?
LIMA	Creio que sim.
RENÉ	Crê que sim? E então duas pessoas aparentemente simpáticas acenaram para você e você resolveu voltar para o estúdio?
LIMA	Sei lá... (hic) mexeu comigo. Pode parecer estranho falar isso. Mas na hora que eles acenaram eu estava tão... tão... (hic)
RENÉ	Tão o quê?
LIMA	Não (hic) sei. Bem... mas aquele aceno, naquela hora... você entende?
RENÉ	Não entendo nada! Só porque umas pessoas te dão um tchauzinho você fica todo comovido?
LIMA	Mas (hic) foi como se eu voltasse a fazer parte do convívio dos homens, entende?
RENÉ	Ué! E o que você seria? Um lobisomem?
LIMA	Bem... algo por aí...
RENÉ	Ah! Vejam só. Temos aqui um caso espantoso: um apresentador que é um lobisomem!

APLAUSOS.

RENÉ	E desde quando você tem essa tendência?

RISOS.

LIMA	Digamos que eu comecei como um coiote... depois a coisa foi evoluindo.

RISOS.

RENÉ	Você está é mamado, isso sim.
LIMA	O que importa é que (hic) aquele aceno me fez ver que

eu precisava dar uma resposta para as pessoas... (hic)
as pessoas que gostam de mim... (hic) antes que...

LIMA FICA QUIETO. SILÊNCIO TOTAL NO ESTÚDIO.

RENÉ   Antes que o quê?

LIMA   Antes de partir. Eu gostaria de comunicar oficialmen-
te que estou (hic)... que estou deixando o <u>Assombros</u>.

APUPOS.

RENÉ   Você quer confete, né? Vamos lá. Fica, fica, fica!

A PLATÉIA ENTRA NO CORO DO "FICA, FICA". LIMA SE LEVANTA.

LIMA   É verdade, pessoal. Para mim, acabou!

LIMA VAI CAMINHANDO NA DIREÇÃO DA PLATÉIA, QUANDO UM HOMEM, COM UM ESTRANHO CHAPÉU, SALTA DE PLATÉIA EM DIREÇÃO AO SET:

HOMEM   Montezuummaaaaaa!!!!!!

O HOMEM CORRE NA DIREÇÃO DE LIMA, BRANDINDO UM PUNHAL, LIMA TENTA CORRER, TROPEÇA NUM FIO DA CÂMERA E CAI NO CHÃO. O HOMEM CAI SOBRE ELE.

HOMEM   Montezuummaaaaaa!!!!!!

A PLATÉIA ENTRA EM PÂNICO. GRITOS. BENJAMIM DÁ UM SALTO SOBRE O HOMEM E AGARRA O PUNHAL. OUTROS SEGURANÇAS ENTRAM. O HOMEM RESISTE, ROLA COM BENJAMIM ATÉ ONDE ESTÁ DONA LÉRCIA.

O MONTEZUMA FINALMENTE É DOMINADO E CARREGADO PARA FORA DO PALCO. GRAÇA LEVA O LIMA PARA O CAMARIM, MAS A HISTERIA TOMOU CONTA DA PLATÉIA, QUE SE MISTURA COM O PESSOAL DO ESTÚDIO. RENÉ CORRE PARA TODO LADO PROCURANDO ACALMAR AS PESSOAS. ACENA PARA A BATERIA DA ESCOLA DE SAMBA, QUE IRROMPE NUMA PERCUSSÃO FURIOSA. UM DOS PERCUSSIONISTAS ESBARRA NO LIQUIDIFICADOR, QUE LIGA. DONA LÉRCIA COMEÇA A CANTAR.

CHUVISCO NA TELA, SEGUIDO DA
VINHETA DE ENCERRAMENTO <u>ASSOMBROS NA MADRUGADA.</u>

Pós-tudo

Depois dessa transmissão tumultuada, mas bem-sucedida em termos de audiência, o programa *Assombros na madrugada* teve curta sobrevida. A saída de Lima foi fatal. No dia seguinte ele e René discutiram violentamente e Lima sustentou a sua decisão, tomada no ar, de abandonar o talk-show. René lhe disse palavras duras e jogou na cara que ele estava fugindo de si mesmo, ao que Lima retrucou dizendo... Bem, se o leitor seguiu com atenção a narrativa sabe muito bem o que o Lima disse. E, dizendo isso, virou as costas e se foi.

René substituiu o Lima como apresentador e não se saiu de todo mal. Mas, como já havia dito uma vez a Graça, o programa era "a cara do Lima". A audiência foi caindo, caindo até que, em menos de um mês, a Rede Plus cancelou a transmissão, que considerou, apesar disso, uma experiência bem-sucedida. A Plurishop pôde fazer um pioneiro reconhecimento de mercado, ganhando uma experiência que colocaria em prática com a chegada da televisão a cabo. E o programa se transformou numa espécie de lenda, influenciando muitos outros que surgiram pela mesma época. Mais lenda ainda se tornou quando um incêndio no prédio da Rede Plus destruiu todos os teipes originais, nada mais restando do que a lembrança insone daqueles que o assistiram e que depois de algum tempo podiam jurar ter sonhado com aquilo.

O leitor talvez tenha interesse em saber o destino de algumas pessoas envolvidas com o programa e com a vida de Lima. E é agradável poder encerrar a narrativa dizendo que a grande maioria desses destinos foi feliz. Ou antes, está sendo, uma vez que boa parte deles joga ainda suas cartadas no momento mesmo em que escrevo estas linhas. Como tudo na vida, nunca se pode dar uma palavra final, mas parece que, em que pese todo o seu negativismo, Lima influenciou positivamente os que com ele cruzaram. Foi graças a sua fama, por exemplo, que os habitantes do edifício Saturno puderam — em tempo recorde para a nossa Justiça, como intuiu Menelau — receber as indenizações devidas pela sua perda. Mas o que aconteceu com a vida de Menelau, da Coisa Mais Fofa, de Régis, do seu Mário e de toda aquela gente, sinto não poder informar. Dispersaram-se pelos bairros desta metrópole imensa. A implosão do Saturno, entretanto, passou em vários telejornais e uniu uma extrema precisão técnica a uma estranha beleza plástica.

Já o destino da Graça é fácil rastrear, uma vez que sua carreira foi sempre muito bem-sucedida, primeiro como produtora e depois como diretora, graças a sua inegável competência. Foi a primeira mulher a dirigir uma novela. Está no segundo casamento.

O René também se deu bem. Transformou-se no diretor executivo de uma operadora de tevê a cabo e vive agora mais distante dos estúdios, participando de reuniões engravatadas, muito embora todo Carnaval vá para o Rio desfilar na Mangueira.

Luísa se voltou para os caminhos da televisão comunitária e das ONGs que se multiplicaram com a chegada da internet nos anos noventa. Chegou a trabalhar no Canadá e hoje dá palestras sobre "Televisão e Comunidade", tendo mesmo publicado um livro sobre o assunto. Não se casou novamente.

Para Benjamim, o guarda-costas, as coisas também melhoraram. Sua aparição como puxador de samba naquela noite agitada chamou a atenção e ele chegou a gravar um disco com vários sambas antigos. O disco fez um sucesso apenas razoável porque o mercado, dominado então pela nova música sertaneja, estava prestes a ser tomado de assalto pela lambada e a febre da axé-music. Mesmo assim foi convidado para cantar em shows e conseguiu ganhar o suficiente para realizar o seu velho desejo de fazer o curso de filosofia com que tanto sonhava. Hoje é doutor em filosofia pura, com tese sobre santo Tomás de Aquino. Polivalente, está aprendendo os rudimentos da escultura africana e é voluntário num trabalho com meninos de rua.

Os amigos mais chegados de Lima também não podem reclamar. Fera prosseguiu em sua carreira de contador. Abriu uma pequena firma e alcançou sólida independência financeira, sem perder o velho visual irreverente. Seus cabelos mantiveram-se compridos, embora mais recuados na testa. Passou a procurar pelo filho para recuperar o tempo perdido e os dois se dão relativamente bem hoje em dia.

Graziella não parou na primeira novela. Tornou-se uma estrela de destaque também no teatro e no cinema. Terminou por se separar de Tutti. Hoje está casada com um famoso empresário do ramo hoteleiro.

E Tutti prosseguiu e prossegue até hoje com sua obra intransigente. Muita gente gosta, muita gente não gosta. O fato é que ele parece, como observou o Fera, num combate corporal contra o seu próprio tempo. Suas peças alternaram bons e maus momentos, como acontece na vida de todo artista, mas ele deixou sua marca. Tanto é que uma jovem pesquisadora chegou a defender uma tese sobre a sua obra na USP, intitulada: "O limite do Teatro". Hoje os dois estão casados.

O próprio Montezuma, coitado, foi levado para tratamento e descobriu-se que não era mexicano, nem tinha laço algum com a cultura asteca. Vinha de Pindamonhangaba e morava sozinho em São Paulo. Segundo seu próprio testemunho, ele "ouvia vozes" que falavam o que devia fazer. Voltou para sua terra natal onde recebe os cuidados da sua família e trabalha na prefeitura, segundo matéria recente sobre pessoas que foram vítimas de stress emocional nas grandes cidades.

Bem, bem... E o Lima? O que aconteceu com o Lima? A verdade é que o Lima simplesmente sumiu. Transformou-se numa lenda, juntamente com o seu programa. Nunca mais ninguém ouviu falar do Lima.

Minto.

Muitas pessoas disseram que o viram aqui e ali, assim e assado, mas são tantas e tão variadas as versões que é praticamente impossível saber qual é a certa e muitas delas são revestidas de um destino tão fantasioso que afronta o simples senso comum, dignas mesmo das entrevistas que ele fazia em seu lendário programa.

Por exemplo, há quem diga que, voltando certa noite de uma viagem ao interior, Lima foi interceptado e abduzido por uma nave alienígena que tinha como tripulante ninguém menos ninguém mais que uma antiga entrevistada do seu programa, a Gorete. E que esta acabou levando-o para uma das luas de Saturno, que não só é habitada como vive em festa.

Existem outras variantes menos esdrúxulas, mas igualmente difíceis de provar. A mais difundida é aquela que afirma que

Lima, tendo recebido uma grande soma em dinheiro pela indenização do edifício Saturno e também por uma combinação rescisória com a Rede Plus, resolveu realizar um antigo sonho de conhecer o mundo, partindo para uma grande viagem em volta da Terra. Vozes desencontradas garantem tê-lo visto aqui e ali por todo o planeta, como se fosse um turista universal: foi visto num Carnaval em Veneza, numa tourada em Madri, alimentando pombos na piazza San Marcos, vagando pelas cercanias de Montmartre, num trem indo para Ulm, num trem voltando de Berna, no parque Tivoli, nas ilhas gregas, num hotel em Viena, alimentando pombos em Trafalgar Square, num *bed and breakfast* em Belfast, num pub em Edimburgo.

Mas nunca uma fotografia ou um contato direto e pessoal. Era sempre alguém que tinha contado para alguém que um outro alguém tinha visto ou tinha ouvido falar que o amigo do amigo o encontrara em tal ou qual lugar, que achava que era ele, que jurava que era o Lima. Enfim, um diz-que-diz-que absurdo que foi ficando a cada dia mais misterioso.

Dizem que ele atravessou a região do Himalaia a pé. Dizem que se casou com uma turca em Ancara. Dizem que foi criar gado no Zâmbia. Dizem que foi parar no Ártico, na Patagônia, no Kalahari, no Casaquistão, nas ilhas Fiji, em Tristão da Cunha. Outros dizem que ele queria conhecer o mundo não-consumista do Leste europeu, mas chegou justamente em 1989, no mês em que estavam derrubando o Muro de Berlim, do qual tirou algumas lascas.

Mas há quem afirme que não, que não foi nada disso, que ele passou, sim, o tempo todo em Milão. Será? Difícil dizer.

E há, para encerrar, uma versão curiosa, segundo a qual ele estava passeando pelo interior da França quando parou para descansar perto de um velho mosteiro. Ao saber que pertencia aos monges trapistas, não pôde deixar de dar um sorriso cheio de ironia. E quando um dos monges perguntou se ele gostaria de entrar, Lima, num impulso, tirou seu paletó com o *traveler check* e o passaporte, fez um embrulho e entregou para o monge.

E, dizem, entrou.

ESTA OBRA FOI COMPOSTA POR RITA M. DA COSTA AGUIAR
E IMPRESSA PELA PROL EDITORA GRÁFICA EM OFSETE
SOBRE PAPEL PÓLEN SOFT DA COMPANHIA SUZANO PARA A
EDITORA SCHWARCZ EM SETEMBRO DE 2003